日語的特質

金田一春彥　著

林　榮　一　譯

鴻儒堂出版社發行

譯者的話

　　『日本的特質』是日本國語學專家金田一春彥博士在 NHK 教育電視台舉辦的「NHK 大學講座」所講授的課程內容。在講授時獲得了好評、讚賞，而後應日本廣播出版協會的要求，將講授的內容整理成書；出版後更是受到了廣大讀者們的歡迎。

　　有鑑於此，鴻儒堂書局的黃成業先生希望我將其譯成中文，以期有助於日文學習者。但由於版權問題，與金田一春彥博士交涉甚久；交涉成功後不久，博士卻不幸因病去逝，深感遺憾。

　　金田一春彥博士從探討日語的起源與語系開始，甚至日語的發音問題、日語的表記方法、日語語彙之多樣化、日語語法的規律性、敬語的表達、日本人的表達方式，都詳細地加以說明、分析與整理。了解了日語的這些特質就能更有效的掌握日語，而有助於日語的教學和學習，甚至有助於日語和其它語言的學習比較，使日語更深入一層。

　　所以『日本語的特質』是教授日語者及學習日語者必看的一本參考書，相信對您一定有所助益。

林榮一　謹識

二〇〇六年十月二十五日

前　言

　　這本書是我在昭和五十五年四月到九月半年的期限，在 NHK 教育電視台的「NHK 大學講座」所講授的課程。以『日本語的特質』為題，把所講授的課程內容，改寫成文字而成的。照理說講一次就算了，但是由於日本廣播出版協會的好意，要把它做為 NHK 「市民大學叢書」之一冊，而保留下來；現在更將此書列為 NHK 叢書而呈現在各位眼前，真是高興。

　　首先是這個講座的題目，本來我是想就日語裡所看到必須注意的性質分門別類的談一談，但是要廣播時，NHK 的主持人給了我『日本語的特質』這個題目，按理說應該是「只有在日語裡才看得到的性質」，這個題目由我來講，實在感覺有點太不自量力。現在這本書也是以此為標題，我覺得有掛羊頭賣狗肉之罪惡感，在此向各位表示歉意。

　　這本書的內容，在出版社的要求下，限於篇幅，所以比實際廣播的內容減少了很多，像「日本語的近代性」、「直寫和橫寫」、「日本人的愛用語句」等三次所講的內容全部刪除，其它幾次所講的例子也刪除了一部分。

　　在廣播時，由於粗心大意、學習不夠，有些地方說錯了，受到了許多的指責，在這本書裡極小心的作了訂正。其中之一，我說了：「現在的日語裡，以非生物作為主語的被動態，是由於受到了歐洲語言的影響。」住在玉名市的後藤克巳先生來信說，在日語的古典裡可以找到相當多的例子，受到指教之後，獲益良多。

　　在話題之中，反應最多的是發音的部分。我說：「在日語裡『ミュ』這個發音只有「オオマミュウダ」這個姓而已」的時候，很多人來信告訴我說：在某個地方的方言中有這樣的詞彙。因為我

敍述的是有關「日本的標準語」，方言不列入考慮之內，要是把方言也列入考慮之內，那日本語的母音，就不能說只有五個了。

　　還有一個也是在發音時所敍述的。關於記住圓周率的方法，住在大牟田市的松尾清先生，教了我如下的方法，眞是太棒了，在此介紹如下：

3 1 4 1 59 2 65　　3 5 89 7 9　　3 2 38 46 2　　64 3 3 83 2 79
産医師異国に向う、産後厄無く、産婦御社に、虫散々闇に鳴く。

　　在我電視上唱歌或播放音樂時，收到了許多鼓勵的來信，報紙上也加以讚賞，對於日語的講授能力受到這樣的好評，眞是太幸運了。衷心地感謝各位的收聽。

　　最後，能夠出這樣的一本書，要感謝的是在廣播時幫助我的NHK 社會教育部的立松昭子小姐與其它成員、提供錄音帶的武藏野市的宮本惠都子小姐、整理速記的松下邦子小姐、整理成書的佐藤鐐二，及將此書採用爲NHK叢書的品川高宣等，在此深表謝意。

金田一　春彥

平成二年十一月　天皇即位典禮日

目　錄

序論　瞭解日語的性格

瞭解日語的性格有什麼樣的效果

　　我所服務的上智大學，對我來說，是值得慶幸的，這裏有很多外國人的語言學家，因爲他們都能說一口流利的日本話。因此，雖然我外語，什麼也不會，卻能毫不羞恥地和他們交談，讓我聽有關種種的外國語言，這麼一來，所謂的日語是怎樣的語言，其性格又是什麼樣的等等，讓我覺得體會到了一些。在這裏就先談一談瞭解日語的性格有什麼好處。

　　第一，瞭解了日語的性格，就能好好地掌握運用日語的方法。譬如，在小學的國語課中，教我們把「犬」這個語詞寫成假名「い」和「ぬ」，教我們把「猫」寫成「ね」和「こ」。這對日本人來說是算不了什麼的。但能夠用這樣的教法是日語的最大特色。

　　要是英語的話「犬」叫做 dog，把 dog 這個語詞是用一口氣就把它說完，我們聽時會認爲對方先說「ド」，然後停頓一下「ツ」，再發「グ」，也就是中間有個促音似的，即ドッグ。可是，那只是日本人的聽覺。實際上對方是把 dog 當成整體，發出一個音，而不能再加以分析。

　　日語對於這點，即使是小孩子也知道「犬」這個語詞是由い音和ぬ音組合而成的。把「いぬ」倒過來就是「ヌイ」，英語則不能把ドッグ倒過來變成グッド。

　　右邊的「五十音圖」我想各位在小學就學過了。實際上日語的語音除了五十音之外，還有拗音的キャ・キュ・キョ……和促音的つ，及撥音的ん……

アイウエオ
カキクケコ　ガギグゲゴ
サシスセソ　ザジズゼゾ
…………

等等，一共是 112 個。日語的所有單語都由這 112 個音排列組合而成的。這麼一來，只要記住這些音的寫法照理說任何的日語，都能把它寫出來。而英語則是不論是ドッグ（dog）還是キャット（cat）則必須一個一個地記住單語之後才能寫出來。這是英語和日語的最大的差別。

瞭解日語性格能有效地使用日語

其次是，日語有時候不能按自然的書寫順序來理解其意。這樣反而會使句子變得難懂。譬如有這樣的句子：

「知事は自分に所属するすべての局のすべての部のすべての課の職員がいま何をしているかを常に承知していなければならない…。」（知事對自己所屬的局的、所有的部的、所有科的職員現在做什麼，必須全都知道……）

讀到這裏，會感到知事的職責實在是繁重。可是讀到最後，「……承知していなければならないわけではない」，就成了，

「……並不是非知道不可」。讀完全句後，才弄懂了縣知事的職務也不過如此而已。這是因為日語句子關鍵是表示否定的詞在句子的末尾。英語則非如此。

"A governor need not…… "（地方長官並不需要……）

句子中表示否定的 "not " 提前出現，馬上就會明白，知事「……する必要かない」（沒有必要做…）；用否定的表現馬上就能瞭解了。

因為日語有如此的性質，在最後出現否定的時候，就有必要事先發出預告，即在句子前半部加上與否定意義相呼應的語詞，如：「知事といっても必ずしも」（雖說是知事，也未必……）。說得再明確點是「知事の仕事といっても、それほど大変なものではなく」（知事的工作也並非那樣的繁重……）。要是有這樣事先的預

告的話，後面再出現否定的「並不是經常非知道不可」就不會使讀者讀到最後感到失望。

　　正因爲日語有著那樣的性質，所以，日文句子寫得過長就會令人難懂，容易產生到底想表達什麼呢，眞不清楚，譬如久保栄先生的作品『火山灰地』如此的開頭：

　　　　先住民族の原語を翻譯すると／「河の岐れたところ」を意味するこの市（まち）は／日本第六位の大河とその支流とが真二つに裂けた燕の尾のやうにその一方の尖端で合流する／鋭角的な懐ろに抱きかかへられてゐる。（這個城鎮，把原住民的語言，翻譯過來，就是「兩河交匯處」之意。它位於日本第六大河與其支流的匯流處。地形如處在燕尾根部的銳角尖端的地方。）

　　這段格調高雅的文字是由宇野重吉先生所朗讀的，朗讀得非常好，但看到所寫的文字，到底這是在說什麼呢？就很難懂了。換言之，要是把「この市」提到最前面，下面接著是「先住民族の原語では河の岐れところを意味するが……」的話，就容易懂了。在說日語時是有必要這樣地爲聽者設想的。

日本語的表記法

　　日本語的最大特色是日本的文字——用漢字和假名所寫的新聞報導非常的容易理解。其妙處是在於靈活地運用漢字和假名。例如，大家所熟悉的「知床旅情」這首歌：

　　　　知床の岬に　ハマナスの咲くころ　思い出しておくれ　俺たちのことを……

　　（在知床的岬角上，玫瑰花開時，希望你想起，我們之事……）

　　這裏「知床」、「岬」意義很重要，所以用漢字。抓住漢字，就能很快弄懂全意。請看下面的一例更爲明顯。

　　十一時に京都に着くから迎えを頼みます（十一點抵京都，請來接）

　　如果把這句話變成電報文的如何呢？想要稍微節省一點的人，可把假名省略而又意義不減，即「十一時京都着，迎え頼む」。也就是說，不是那麼重要的地方用假名寫。這樣一來，我們翻開報紙，只要選讀一下有漢字的地方，大體上意思就明白了。

　　因爲日語有這樣的性格，如果漢字和假名的用法略有混淆，句子的意義就會含糊不清。例如，有這樣的例子。

　　どんなさ細なことでも親切が感じられる。（不管多麼小的事也感到很親切。）

　　這時候的「さ」是用平假名寫著，讀下去就成了「どんなさ……」但日語中沒有「どんなさ」這個語詞。所以我們不希望有這種寫法。若改成「どんな小さなことでも」或「どんなつまらないことでも」就好了。

　　「天下を征服しては者になる」（征服天下成爲霸主）就更加難懂。並不是「天下を征服しては、者になる」，而是打算寫「天下を征服して霸者になる」，因爲「霸」字在常用漢字是沒有的，這麼一來，「霸者」這句話不是很好的語言吧！但是「霸」這個字，因爲有「制霸」、「霸權」這樣的語詞，把漢字活用一下就可以了。所以這裏寫成「霸者」也未嘗不可。當然下次把「霸」字列入了常用漢字裏是最好不過的了。

對於外國語的學習有益

　　如此的瞭解了日語的特質，不但能更好地掌握運用日語的方法，而且對於外國語的學習也有益。這算是瞭解日語性格的第二個目的。換言之，日語和外國語有好多地方性質不相同，稍不注意，

按著日語直譯是不行的。比如：「きょうはあたたかいですね」
（今天是暖和的吧！）。如果直譯成英文，就是「Today　is
warm.」。但這並不是英語，因爲英語裡沒有這樣的表達方式。

　　經常有這樣的事，我們去餐廳用餐，服務員就會說：「您要什
麼？」回答則是：「ぼくはウナギだ。」（直譯：我是鰻魚。）這
句話本來就是奇怪的說法，那個人是爲吃鰻魚而來的，而不是鰻魚
這個東西；但是，服務員卻不笑，而說「明白了」，並且在端來鰻
魚飯時說：「ウナギはどなたでしょうか。」（鰻魚是哪位？）這
時訂購的客人會說：「おう、おれだ。」（哦！是我。）就拿來吃
了。

　　這種說法是不合理論的，而是由於縮短了的說法。要是把這句
話譯成英語，則是「I am an eel.」，就會令人覺得奇怪或驚訝！

　　在民營廣播電台的廣告節目有句這樣的話：「缶ごとぐっとお
飲み下さい。」（直譯是：連同罐子一起喝下去。）有人吹毛求疵
地說：「缶ごとと飲んだらノドへつかえてしまうじゃないか。」
要是連罐喝的話，不就卡在喉嚨裏了嗎？）但是實際上這種說法在
日語裏是極普通的。最近，我家裏的人也說：「あそこのおスシ屋
さんおいしいわよ。」（那家壽司店很好吃哦！）我馬上送上一
句：「おまえはスシ屋の店をかじるのか。」（你是要啃壽司店
嗎？）這時，對方臉上呈現著一付不解的表情。

對於日語的教學也有益

　　把這個顛倒過來，要是日本人教外國人日語的時候，還是必需
弄清日語的性質。例如日語裏有「山が見える」和「山は見える」
的說法，表示主格的助詞有「が」、「は」兩個，這兩者的不同之
處是非常的難，弄清它們意義和用法的區別非常難。「が」和「は」
的區別，韓國人是會區分的，對中國人來說就稍有點難，對歐洲人
來說那就更難了。因爲不會理解區分「は」和「が」，所以也經常

引起誤會。例如日本人有時候可以這樣說：

「電車が遅れているようだけれども、もう来るでしょう。」
（電車雖然好像慢了，已經要來了吧！）

　　「もう來る」要來了是指誰呢？問外國人的話，歐洲人會認爲是「電車要來了吧」。可是並不是這樣，日本人則理解爲所等著的人，因爲電車後用的助詞是「が」只能修飾到「晚了」。如果已經「該來了」是說電車，那末「電車」後的助詞應爲「は」。就要說成「電車は遅れているようだけれども、もう来るでしょう。」

　　這種微妙的使用方法在歐洲語言裏是是沒有的。這是有日語教育權威者之稱的水谷修先生書上的例句，這種的說法是日語重要的性格之一。

發揮日語的長處，改掉日語的短處

　　在日語裏，是有其長處同時一定也有其短處。如何改掉它的短處使其更便於運用，是我們應該考慮的。爲此目的，把日語和外國語進行比較，瞭解日語的性格更是極爲重要。

　　關於日語經常受到指責的就是說太難。日語不但對外國人來說是困難的，就是對日本人來說也是很棘手的。例如石黑修先生曾就一個人學習該國語言達到一般的書、寫能力所花費的時間做過統計：意大利聽說最短，要二年；德國要三年；英國要花五年，而日本如何呢？竟要八年。是否如此，姑且不說，但在義務教育期間要掌握好常用漢字卻是辦不到的，即使是大學畢業，也不能說是能夠充分地運用自如。

　　就像我們這些以國語教師自居的人，能準確地使用漢字也是一件困擾的事。例如「ツイキュウする」這句話就有三種寫法：「利潤をツイキュウする」時是「追求」才是正確的，「眞理をツイキュ

ウする」時是在字典寫著「追究」是正確的；「責任をツイキュウ
する」時是「追及」。如不注意，三個詞很容易混淆。還有「ロテ
ン」這個字，現在雖然用的不多了，但仍然有人使用，意思是「在
大街上等擺的售貨攤販」，要寫成「露店」。但是開著「露店」的
「商人」則稱爲「露天商」，因爲是在露天下進行的買賣，所以必
需要寫「露天商」。這樣看來，日語的正確的書寫方法實在是太難
了，這些要如何處理才好呢？是個值得考慮的重要課題。

能明確日語的起源系統

　　瞭解日語的性格，除了有益於上述各點之外，還有益於瞭解日
語的起源和系統。

　　日語的系統到底是叫做什麼系統？和哪種語言有著親戚關係？
像這樣的問題，學者們正在研究著，而且爲一般人所關心的問題。
但是要瞭解這些問題，就必須弄清在日語的性格中不需要改變的性
格是什麼。在弄清日語真正性格的基礎上，再去找有無具有同樣性
格的語言；如有，是哪種？然後再考慮這種語言和日語是否系統相
近呢？

　　不是專門研究語言學的外行人經常以爲凡是詞彙相似的就都有
關係，於是就把它們聯繫在一起。意大利語和日語在發音上有相似
之處。例如日語的「たくさん」意大利語是tanto（たんと），「た
くさんのお金」則說成「たんと、たなあら」。還有 cunetta（く
ねった）這個語詞，我們宛如聽日語一樣，但詞義是「水渠、溝」
的意思。溝有筆直的也有彎曲（くねった）的，聽起來好像在聽日
語一樣。

　　印尼的語言等聽起來也很像在聽日語。日本還有特殊學習印尼
語的方法，即：「人はoran（おらん）、魚はikan（いかん）、飯
はnasi（なし）、死ぬはmate（待て）、菓子はkuén（食え）。」

完全像是排列的日語單語一樣。然而我總覺得這種相似的詞彙無論有多少，也不能認爲是同屬於一個系統。

　　各國語言從一到十的說法，比較一下數字的數法，在日語裏用「いち」、「に」、「さん」……這樣的說法是從中國來的，「ひとつ」、「ふたつ」、「みっつ」才是原本的數法。在英語的「one」、「two」、「three」，法語、西班牙語、意大利語的數法幾乎是一模一樣的。而且這三種語言的表達「一」這個單字，法語、西班牙語、意大利語都有兩種數法。這是因爲詞的陽性、陰性說法不一樣的緣故。英語和德語雖然在這方面有所不同，但仍然是相似的。

	日　　語	英語	德語	西班牙語	法語	意大利語	朝鮮語	愛伊奴語
1	ひとつ	one	eins	uno,una	un,une	uno,una	hana	shine
2	ふたつ	two	zwei	dos	deux	due	tul	tu
3	みっつ	three	drei	tres	trois	tre	set	re
4	よっつ	four	vier	cuatro	quatre	quattro	net	ine
5	いつつ	five	fünf	cinco	cinq	cinque	tasət	ashikne
6	むっつ	six	sechs	seis	six	sei	yəsət	iwan
7	ななつ	seven	sieben	siete	sept	sette	ilkop	arwan
8	やっつ	eight	acht	ocho	huit	otto	yədəl	tupesan
9	ここのつ	nine	neun	nueve	neuf	nove	ahop	shinepesan
10	とお	ten	zehn	diez	dix	dieci	yəl	wan

　　仔細看這個的話 2 和 10，英語是 two、ten，都是輔音 t。德語是 zwei、zehn 都具有 z 音。法語、西班牙語、意大利語又都是 d。2 和 10 兩個毫無關係的數字，而又具有相同的輔音，不能看成是偶然的現象。比較語言學認爲這是從同源分支出來的強有力的證據。

　　所謂的日語的系統是一個非常困難的問題。爲了弄清楚哪些語

言和日語是相同系統的，就必須找出日語的重要性質。

　　日語數字上的「みっつ」與「むっつ」、「よっつ」與「やっつ」等倍數關係的發音很相似。要是這種說法的語言，其它也有這種數字倍數關係發音相似的語言，即可認爲是找到了同日語同語系的有力線索。但卻很難找到。從前，市河三喜博士曾說過，具有倍數關係發音相似的語言是居住在面向太平洋的美國印第安的海達族的語言。這個發現是極其重要的。要是能再發現在數的數法上還有和日語相近的語言，則可認爲該語言和日語是同系統的依據了。

　　最後，所謂瞭解日語的性格，日本人的語言是肩負著記載日本文化的重任的。所以要明確日本文化的特色，自古以來日本人的生活以及對事物的認識等，對於瞭解日語的性格也是十分必要的。

I. 世界的語言和日本語

1. 日語和日本人

日語＝日本人的語言＝日本

縱觀日語，第一需要注意的是：日語、日本、日本人這三項是以等式關係連接的。

日語＝日本的語言＝日本所施行的語言。

即使大家看了這個等式，會認為這不是理所當然的嗎？同時，或許會認為其他的語言也是這樣的吧！實際上，日本人所說的語言是日語，在日本國土上所施行的語言是日語，像日語這樣，而且能列出上列等式的語言是極少例的。

據上智大學講師比利時人古羅達仕神父說，在比利時的國勢調查裏，有一項是「你使用哪種語言呢？」在日本的國勢調查時要是被問到了那樣的問題，我可能會如何想呢？── 大體上我受過高等教育，英語雖然講得差勁，仍必須得寫使用「英語」這點讓我非常的煩惱。然而比利時的國勢調查所問的卻是另一回事。

比利時這個國家是位於荷蘭和法國之間，這裏住著三種人，有說法語的人、有說荷蘭語的人、有兩種都說的人。國勢調查詢問的是你經常使用的語言是兩種之中的哪一種。像這樣的問題在日本根本不會發生的。但在比利時就會有，也就是荷蘭語和法語都可以做為比利時的國語。在加拿大是用英語、法語；在瑞士是用德語、法語、意大利語，此外還有羅曼語，共四種語言是國語，所以國語和民族之間是不能劃等號的。

到底世界各國的國語是怎樣呢？

依據「世界各國國語一覽表」（圖 I－1）一個國家具有二種國語的，有比利時、加拿大、瑞士和非洲各國。非洲大多都是以英語或法語為國語。以英語為國語的地方有美國、澳大利亞等，其地區非常廣闊。西班牙語的範圍也很廣，是從墨西哥一直到南美的智利、阿根廷，在這之中，只有日本把日語作為國語。其他再也沒有以日語作為國語的國家。因此，這也是日語的一個引人注目的性格。

公用語

除了國語之外，也有叫做「公用語」的。各國的收音機，電視、報紙等都使用著公用語。關於公用語，德川宗賢先生曾在昭和39年（1964年）6月號『日語生活』雜誌上報告過。令人吃驚的是在一個國家中使用多種公用語的國家很多。

以亞洲地域來說，在泰國，公用語有泰語、中國語、法語、馬來西亞語、高棉語等五種。斯里蘭卡是英語、僧加羅語和泰米爾語的三種公用語。公用語最多的國家可算是印度。圖 1-2 是印度 2 盧比的紙鈔（日本的貨幣價值是 60 圓）。首先，在背面的下方，用英文寫著「托魯必士」這也是公用語之一，其次「多（二）‧羅倍阿」這是印地語，這就是印度的國語，要是看正面的話，是寫著很多更複雜稀奇的文字，這一一的都是公用語。從上面數下來第二行是孟加拉語 —— 是印度東方所盛行的語言。在最下面有像阿拉伯文字那樣的東西；這是烏爾都語，除此之外，最近也有泰米爾語，據說，印度的公用語有很多，有十五或十七種。

在日本，日語不僅是國語、而且也是公用語。公用語只有一種，是日本的明顯特色，同時也是日語的特徵之一。

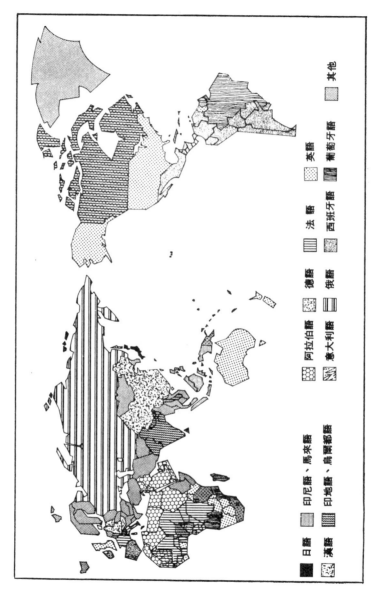

圖 I－1　世界各國的國語一覽圖

美國的公用語

圖 I —2　印度 2 盧比鈔票（票面）

我以前曾經看過美國中學一年級的國語教科書，出著這樣的練習題：

I {
　　am
　　are
} not a boy. 。

am是正確的呢？還是are是正確的呢？將正確的劃個圈。我看了這個大為驚訝，要是有 I 的話，am 才是正確的。這是在日本中學生一開始學英語就學的，要是美國的中學生的話，照理說從小時候就只使用著英語，我想把這樣的問題弄錯的人不可能會有的，然而相同的問題竟然在二年、三年級的課本裏反覆地出現。這是在 "My English" 教科書上出現的問題，據說是一本優秀的教科書。二次大戰結束後，我曾經向來日本叫做克拉克的美國人的英語老師提出這個問題。問他難道真有弄錯的中學生嗎？回答是有的。因為平時不說「I am not……」而用「I ain't……」這樣通俗的說法。在美國人的家庭裏，雙親都是法國系的人，他們的孩子上了中學也未

— 13 —

必能說好英語，正因爲有這樣的情況，把這樣的問題列入中學教科書是有必要的。

　　據慶應大學語言學教授鈴木孝夫在昭和三十一年度的調查，美國有 1005 個外語廣播電台，這是向國內的廣播電台，而且年年都在增加的趨勢。由此可知，美國也是一個公用語很多的國家。

日本的公用語

　　鈴木先生還寫著一件有趣的事，在日本的街上走著，想要買香煙的時候，日本人不必擔心，賣香煙的人是否懂日語之類的問題。這是理所當然的，我們在日本生活著完全不用擔心，那家商店要是懂得日語就好了，因爲我們相信一定懂得日語的。可是在世界上其他很多國家，你不得不爲自己所使用的語言能否和對方溝通而擔心；這對日本人來說是難以置信的。

　　在明治維新之前，日本險些要分裂爲二個國家，一個是以英國爲後盾的勤皇派；另一個是借助於法國力量的佐幕派。但最後沒有分裂成功。這雖然有各種原因，但全體日本人只說一種國語也是其中最大的阻碍。

從語言看日本人的外國人觀

　　在日本也住著很多外國的人們，但是！人數好像是很少的。據統計，韓國、朝鮮人最多，然後是中國人、美國人、英國人、菲律賓人及其它的人，總共有 70 多萬。這麼一來日本的人口數是一億以上，外國人佔了 0.7 ％，其中的 0.6 ％又是乍看之下和日本人沒有區別的韓國人，他們很多都使用日語，而且不少人的日語比本國語言好。因此，在日本的國土上住著的絕大多數是日本人和同日本人相同臉孔的人們。無論到哪裏去都只說日語而已。北海道約有 15000 愛伊奴人，愛伊奴人也全都說日語。這和別的國家相比，或

是從日語的單位性來看，也是非常罕見的。

因此，日本人會有日本人就是要像日本人那樣的任性的想法。那就是：要是是日本人就理應會說日語。要是到美國去，遇到日本的第二代，臉形等和一般的日本人一樣，其第二代，英語流利，日語不會講，你用日語對他說，他就發呆。日本人對此現象很不理解。有一次，一位日本議員來到美國，看到日本人的第二代光使用英語，大為生氣，並且大聲嚷著說：「日本人要說日語！」其心情是可以理解的。

住在日本的外國人的數量和國籍 (據法務省昭年 52 年 "第十七次 出入國管理統計年報")	
① 朝　鮮	656,233 人
② 中　國	47,862 人
③ 美　國	21,390 人
④ 英　國	4,352 人
⑤ 菲律賓	3,600 人
⑥ 西　德	2,654 人
⑦ 印　度	1,730 人
⑧ 法　國	1,686 人
⑨ 加拿大	1,603 人
⑩ 越　南	1,425 人
其　他	19,515 人
合　計	762,050 人

表 I － 1

與此相反，日本人如看到藍眼睛的外國人，說流利的日語的話，會感到不可思議，眼球，髮色不同的人認為是不會說日語的。在前面提過的克拉克先生在剛來到日本時住在福島縣，那時非常不服氣地說：「我要是說日語的話，大家都看我。」日本人對外國人能說這麼道地的日語而大為吃驚。可是美國人看到和自己相貌、身材不同的人說英語，一點兒也不會覺得不可思議。

國外的日語

如上述，在日本的國土上，不論到哪裏，日語都能通；另一方面，離開日本一步就是外語的世界，用日語就很難說得通。這是一般的日本人都認為是當然的。但是如果同其他的國語相比，這是特殊的情況。

大體上居住在日本以外的日本人是非常的少的。看表１—２，住在外國的日本人數最多是巴西，其次是美國（包括夏威夷在內），剩下的就少得多了。就是阿根廷、西德、秘魯等國，全部合起來是 43 萬人。這個數字和其他國家僑居在外的人相比是少數。因此只要離開日本一步，日語就行不通了。比如，這和以英語做為國語的人，以法語為國語的人數相比，就很吃虧了，我們不能不承認這是現實的，這也可以說是日語的一個特點。

居住在外國的日本人數	
（日僑及日本國籍的僑居者。1979 年 10 月 1 日據外務省"海外日本人數調查"）	
① 巴　西	144,216 人
② 美　國	112,741 人
（其中夏威夷州）	13,525 人
③ 阿根廷	16,043 人
④ 西　德	12,488 人
⑤ 秘　魯	11,413 人
⑥ 加拿大	10,930 人
⑦ 英　國	8,767 人
⑧ 香　港	6,353 人
⑨ 法　國	5,885 人
⑩ 印度尼西亞	5,780 人
其　他	100,379 人
合　計	434,995 人

表Ｉ－２

看圖Ｉ—１就可知道，能通用日語的僅是少部分而已，但能通用英語的地方，世界各地都有；西班牙本國雖小，但從中美到南美的廣大地區都使用著西班牙語，這實在是令人羨慕的。很遺憾的，這是現實，沒有辦法。

期望的日語教育

對此，我們該怎麼辦呢？做為日本人，我們只有希望日語即使是一點點也好，在國外能通用。為此最好日本能成為世界上的強國，這並不是說在政治上的強國，而是希望設法使世界上的人們對日本文化產生魅力，而使外國人都來學習日語。除此之外，就是要考慮日語教育。現在值得慶幸的是，目前在亞洲各地、歐洲各地、美國或是澳大利亞，特別是在中國，日本語教育、研究很盛行，對

此我們是最歡迎的。要是用日語能到外國旅行，我想我們是相當幸福的。

在此要擔心的是現今在國外施行的日語，放任不管就會漸漸地衰退。我去了夏威夷和洛杉磯看到了日本、中國的第二代、第三代已經不使用日語和中國語了。

當然，在那些地方也有熱心於日語教育的有志之士，但那只不過是當母親們去工作時，想把孩子放到像托兒所那樣的地方，把孩子寄放在老師的地方是事實，教師們拼命地教著，但畢竟設備等是簡陋的，我想日本的文部省是應該加強援助的。中國語有活力，而日語則有氣息奄奄之感。要怎麼辦才好呢？我想這是做爲一個日本人必需要加以考慮的問題。

2. 日語的複合性

語言的差異

經常有人說，日本人語學不行，外語差勁，日本人自己也認爲是那樣的。可是，也有人說，日本人才眞正是語學的天才。這是前面介紹過的古羅達仕神父，他說：

「要是聽日本人在打電話的話，他們在向故鄉的父母打電話時說的時候，向親朋密友打電話時說的時候，向自己的上司打電話時說的時候，這種措詞的不同，要是到歐洲去的話就等於好像是使用著三種外語。」

因此，他悟出了日本人是語學的天才的結論。的確，意大利語、西班牙語、葡萄牙語等是極其相似的語言。譬如，對方用意大利語在說著，西班牙人在聽著的時候。並不需怎樣去學習，大概就能聽懂對方的用意，看來這兩國語言上的差別就像是我國方言的差別一樣。

日語的方言相差很大。譬如人們常說鹿兒島方言和鄰近熊本縣的

方言就不相通。從前好像也有身分不同，言語不通的說法。有段單口相聲『垂乳根』在蔬菜店的阿八的地方，娶來了一位新娘子。那位新娘子說「わらわことの姓名を問いたもうや」，這時，阿八聽不懂，束手無策不知如何是好。同樣是日語而其中還有許多不同的語言，這也是日語顯著的特色之一。

日語的方言

　　不管怎麼說，日語的語言差異最顯著的是由於地域不同而引起的方言差異。譬如東北的方言「シ」和「ス」不分，把語詞中的清音變成了濁音等，其發音不能說是很悅耳，而是有點難聽。

　　關東地方的語言是粗暴的，盛行的說什麼「ツッぱねる」啦，「ブッたぎる」啦，使用低級的話，而屬關東的東京話就有點不同，不使用低級的話，語言是恭敬的。這是因為東京的語言裏含有西日本方言的要素。例如關東方言有「します」啦「しません」。表示否定的「ません」就是西日本的說法。

　　即使同是關東地方，伊豆半島的語言就不一樣，特別是南端的八丈島有很大的不同，譬如把「居た」說成「アララー」，完全像吃驚的尖叫。「アラ」相當於「イ」，「ラー」相當於「た」。「雨が降った」就說成了「雨ン降ララー」。把「高い山」說成「高ケ山」。這些話有殘留著『萬葉集』東歌的說法。例如：「筑波嶺に雪かも降らる……」這首歌中的「降らる」，就是「降った」之意。逐漸演變為現在的「降ララー」。

　　關西方言語言是柔和的。一般認為，東日本的方言和關西方言相反。楳垣實先生曾舉過如下有趣的例句。

　　東日本的說法是：

　　落としてしまった人がいるそうだ。なくさないように気をつけろ。（聽說有掉了東西的人，小心以免丟了！）

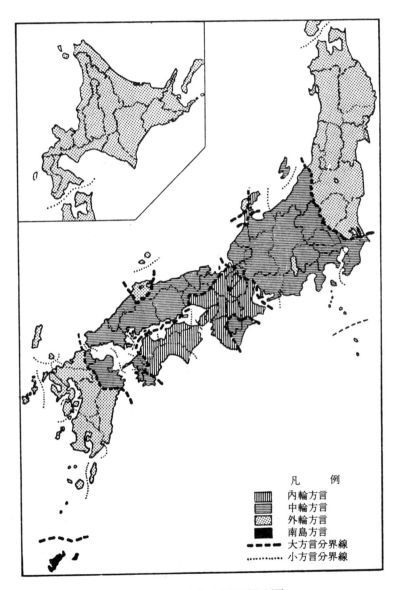

凡　　例

内輪方言
中輪方言
外輪方言
南島方言
大方言分界線
小方言分界線

圖 I－3　日本方言區劃分圖

把這句話用關西的說法是

落といてしもうた人がおるそうや。失わんように気ィつけてェな。（聽說有人把東西掉了，小心點以免丟了！）

這樣的，很明顯地不同。

中部地方的語言，是處於前面講過的關東地方和近畿地方的中間；東海道、東山道的語言大體接近關東；北陸的語言則接近近畿地方。

中國地方（日本的）說話雖然大體上和關西相同，但在音調方面，則和愛知縣以東相似；所以中國地方（日本的）的人一來到東京的時候，要矯正音調是不怎麼吃力的。四國地方的語言和近畿地方的語言很相似。

九州地方，說話語氣重，和關東地方相似。在熊本的民謠「おてもやん」裏有キャアナロタイ和キャアメグロ這樣的語詞，這裏的キャア是從「カイ」接頭語變化來的。和關東地方的カッツァラウ中的カッ是出於同一詞源。九州的鹿兒島和五島列島的語言是不一樣的。剛好和奧羽地方相類似，發音變化極其顯著。例如「口（クチ」、「靴（クツ）」、「首（クビ）」、「釘（クギ）」、「屑（クヅ）」都可說成「クッ」。「クッガアッ」到底是「口がある」還是「釘がある」，沒辦法區別。

方言差異顯著

再更往南下，到奄美、沖繩，就更加不同了。從前，一般人都認為沖繩的語言是外國語，而且還說沖繩本島和西端的與那國島的方言差別，就日本本土的方言來說的話，就像是青森和鹿兒島的方言的差別。

雖然美國是個大國，但東部大西洋沿岸和西部太平洋沿岸，全部講的都是英語，語言沒有什麼差別的。蘇聯也是一樣，北海沿岸

的露西亞漁民和南端的烏克蘭地方的露西亞農民各自用自己的方言來交談，聽說也能說得通。

所謂的方言相差懸殊，一般來說很多都是在文化水準不高的地方、國家。據丹麥學者葉司別魯線記述說，在亞馬遜河上游地方乘船時候十個船夫中，只有三個人能相互交談，其他七個人在那裏發呆；在七個人之中有一個人開口說話，也只有三個人能答話。以為他們是不是在吵架或什麼的，其實是互相之間語言不通。

從這點來看，日本也簡直就像一個未開化的國家，但是並非如此，日本有共同語言，在任何地方都能講得通。在這點上，和巴西未開化的人是不大相同的，所以我們不能不說，日語是文化發達國家的語言。

由於身份不同，語言也不同

所謂的日語除方言差異大之外，也由於職業、身份的不同，所用的語言也不同。現在這種由於身份的不同，而語言也不同變得不多了。要是看歌舞伎的話，就可以知道江戶時代以前，因士農工商的身份不同，其使用的語言也不一樣。

在這點上，最有名的是古印度。以前，印度有梵語和普拉庫立特語二種的語言。梵語是貴族、僧侶、舞蹈教師等使用的語言，普拉庫立特語則是商人、警官、浴室和捕魚人等使用的語言。

中村芝鶴先生寫著，日本的歌舞伎必須分別各種語詞。每個演員必須牢記自己所演的角色的用語，用心良苦。幸虧這樣，我們看歌舞伎就很容易瞭解。譬如：「いつ江戶に來たか」（什麼時候來江戶的？）這樣的說法卻有十種左右的變化。

「いつ江戶へおいでなされました」

——武家和店主

「いつ江戸へおこしでございました」

—— 武家的女性或老板娘

「いつ江戸へござった」　　　　—— 父親對兒子說

「いつ江戸へござらしゃった」

—— 母親對兒子說的時候稍微親切

「いつ江戸へ參られた」　　　　　　—— 武士

「いつ江戸へ來やしゃんした」　　　—— 妓女

「いつ江戸へござんした」　　—— 地位高些的妓女

「いつ江戸へ來なさんした」　　　　—— 藝妓

「いつ江戸へござりました」　　—— 僧侶、醫生

「いつ江戸へおいでなせえました」　—— 手藝人、工匠

「いつ江戸へござらっしゃりました」

—— 伙夫（主要是婦女）

（『言語生活』第 104 號參照）

由於職業不同，語言也不同

戰前，在所有職業之中僧侶的語言頗有特色，譬如，他們在寺院中，把「朝」說成「晨朝」，把「夕方」說成「晚景」，把「夜」說成「午夜」。但是佛教由於宗派的不同，說法也不一樣。例如：「和尚」一詞原是淨土宗或禪宗的語言。律宗則把「和尚」稱為「和上」，如：鑑真和上。天台宗雖同稱「和尚」，但發音不同。這樣說法的不同很顯著。

軍隊的語言不同於地方的語言，是很有名的。我以前也當過兵，上等兵，正言屬色地對我說「オレのグンカを持ってこい」

（把我的軍靴拿來）。我非常爲難，「グンカ」拿什麼去好呢？雖然我想到了是「軍歌」又不知在何處，只好茫然。「你，不知道グンカ嗎？グンカ就是ヘンジョウカ（高腰皮鞋）」被人家這麼一說，這回更加不懂。事後一問才知道「グンカ」是「軍靴」、「ヘンジョウカ」是「編上靴」，追根究底就是「皮鞋」。有意思的是，在軍隊裏沒有道歉之詞。因爲我是個粗心大意的人，夜間緊急集合時，常踩到了睡在旁邊的上等兵的腳，但那不能賠不是，可也不能默不作聲，無意中說出：「我太慌張了。」得到一句痛罵：「你還強辯？」我並沒有辯解。軍隊就是那樣的一種社會。

男女說話的不同

在日語裏還有一個很重要的，那就是男性和女性語言的不同，這個在外國是很少的，話雖如此，有是有，有名的是加勒比海東邊的小安琪兒諸島，在那裏，男性和女性的語言，使用完全不同的國語，女性和小孩使用的是從阿拉哇克語發展來的語言，男性用的是加勒比的大陸語言。據傳說，這裏的人是被別的民族從大陸趕來的。把男性全部殺死，剩下的女性和外來的男性結婚，所以才形成現在這樣的。

在日語的流行歌中有首歌叫「二人は若い」（兩人都年輕），其中有「あなた」（您！）「なんだい」（什麼事呢！）的對話，我們馬上就知道：一方是男的，一方是女的。在外國小說中，男女的對話沒什麼區別，開始時知道一行是男的，下一行是女的。可是那樣的時候，一頁以後就不知道哪句是男的哪的是女的了。這時再回頭來，1、2、3、4 地數，按偶數是女的說的這一形式再繼續下去，日語就不會發生像那樣的情形，一眼看去，就可分辨出是男性說的還是女性說的。

談到男性的語言和女性的語言，經常聽到婦女們說，女性的語言因爲說話太客氣而吃虧。的確，在某種場合，語言要是有不相同

的話是會不方便的，關於這點希望要加以考慮。

我想的確是有些不方便，例如，在國會裏今後說不定會有婦女總理大臣上台，如果受到質詢時，回答時這樣說：「あたし、いやだわァ。そんなこと聞かれたって、あたし、答えられないわ。」（我，討厭了。您怎麼問這個呀！我可答不出來啊！）這可不行。這種場合，我認爲男女可以用同樣的話，用這樣的回答：「その点については、いずれ取調べましてからお答えいたします。」（關於這一點，待調查後再作回答）就可以了。問題是，譬如我回到家時，太太對我「おお、帰ってきたか，一本つけといたぞ。」（嗯，回來了。酒已經熱好了。）是會令人掃興的。茱肴什麼都好，如果說聲：「きょうはお茶漬でごめんなさい。」（今天只有醬菜，眞對不起。）聽起來也讓人高興。

女人不能說「そうだろう」而要說「そうでしょう」，使用這樣恭敬的語言，或許會被認爲是吃虧的。可是，有時候女人之間不用恭敬的語言也是可以的，譬如，我內人和鄰居的太太之間即可不必客氣，他們說：「ずいぶんあったくなったわね」（變得相當暖和了！）。「ほんとね。」（眞的）。相對的，要是我和相處二十多年的鄰居突然相見，就不能說：「あったくなったな」；而必需要說：「あたたかくなりましたね。」像這種場合，女性的語言上就能這麼說了。

文體的不同

最後，在日語裏有文體不同，首先，就有口語體和文語體的不同。這種文體的不同除了日語以外其它的國家也有，所以並不怎麼稀奇。但在日語裏有普通體、客氣體和特別客氣體，這在世界上還是少有的。

丹麥的語言學家葉司別魯線的『人類和語言』這樣的書中，其中有一章是世界語言中的罕見現象。譬如，他觀察了美國印地安人

的語言，發現了相當多怪的現象。例如，在說明小的東西的時候，不使用サシスセソ的音，而使用シャシシュシェショ的音。すずめがいます（有麻雀），因爲麻雀是小的，所以說成「シェジュメがいまシュ」。カラス（烏鴉）雖然是大的鳥，但說話對象是兒童，則說カラシュがいまシュネ（有隻烏鴉）。對於對話者身材矮小的人說時也和對孩子說時一樣，把サ說成シャ。所以對身材高大的人說話時把サ音發成シャ音，他就會感到是受侮辱。據說這是該部族間的一種習慣。

在這本書中，敘述了世界語言的各種奇異的習慣。當最後談到「在緬甸語」時，動詞使用了「タウニン」的時候，話就是敬語了。讀到此處一時也覺得的確有些茫然，我想緬甸語是特別稀奇的語言嗎？但仔細一想，在日語裏也有，也就是說日語裏用「します」替代「する」就成了恭敬客氣的說法。所以緬甸語中的「タウニン」相當於日語的「ます」吧，如果那樣日語和緬甸語同列爲世界上稀奇的語言。據葉司別魯線說，這種現象除了緬甸語之外，在爪哇語裏也有。但據我所知，除了日語外，還有朝鮮語。亞洲同樣在東亞語言中，中國語、泰語就沒有這種現象，所以確實是稀奇的現象。在日語裏如眾所周知的，和「する」、「します」相對應的還有恭敬的「致します」。文言中有「す」、「し候」、「仕り候」的說法。在日語裏和「だ」常體相對應的有敬體的「です」、「でございます」。文言中也有「……なり」、「……に候」、「……に御座候」的不同。

日語的豐富表現

日語變化多，由於文體的不同，各區域方言的不同；身份、職業的不同，或者性別的不同而產生了很多語言。這樣多的語言給小說家帶來了很大的方便。只要通過一句一句的對白，讀者就可以瞭解說話者是什麽樣的人。

例如：在川柳裏有「ようごわす，袂の石は捨てなせえ。」（好了，好了，請把袖筒裏的石頭扔掉！）有這樣一句。這是相撲力士的台詞，而且是橫綱級十兩以上的力士吧！並且可以知道：當時兩國橋下的隅田川是跳河自殺有名的地方，自殺者爲了沉入河底，就把石頭放在袖子裏。那一天，有位年青人把主人存放的錢弄丟了，自己活不了了，就要投河自盡的時候，被住在兩國十兩以上的橫綱力士發現，並且說，錢我設法幫你弄，請別自殺了。我們可以知道，這是在那樣的狀況下所描寫的川柳。

在永野賢先生的有趣的『日本語考現學』書中有這樣的故事。故事中有獅子、熊、狼、狐狸、猴子、兔子和老鼠。這些動物一起去郊遊，在敘述相同心情時，說法各有不同。

首先，獅子命令熊說：「わが輩は昼寝をしようと思う。そちは、見張りをしておれ。」（老子想要睡午覺，你去站崗。）

熊對狼說：「おれはちょっと昼寝をする。貴様はよく見張っていろ。」

狼對狐狸說：「わしはちょっと昼寝をしたい。おまえ、見張りをしてくれないかね。」

狐狸對猴子說：「あたしはちょっと昼寝をするよ。あんた、すまないが見張っていておくれ。」

猴子對兔子說：「ぼくちょっと昼寝するからね。きみ、見張っていてね。」

兔子對老鼠說：「わたし、ちょっと昼寝するわ。あなた、見張りをしてくださらない？」

最後老鼠也想睡了，老鼠說：「あたいには見張りを頼む相手がない。」（我沒有可拜託的對象。）這樣的故事到此就完了。總之變化之多，語詞之不同。只有日語才能有這樣的表現。

3. 日語的孤立性

世界上的語言分佈

世界上的語言學者，對於全世界的語言（據說有 2794 種）作了比較，把彼此相似的語言，這個和那個，是從相同祖先分出來的，最後把研究的成果繪成地圖，就是語言分布概況圖。這是由和田佑一先生所繪製成的地圖（圖 I—4）。根據這張地圖來談主要的語族。

在歐洲的大部分地區都是印歐語系。英語、德語、法語、意大利語、西班牙語，北歐的瑞典語、挪威語，東部的俄語或希臘語都屬於這個語系。更進一步地，由亞洲進出的伊朗語和印度的大部分語言也屬於這個語系。這種語言的特色，在英語裏像那樣的性質不太明顯。要是看德語、法語就清楚了。名詞都有區分爲，陽性和陰性。在德語裏，譬如：鼻子ディー・ナーゼ，是陰性；嘴デア・ムント是陽性；手ディー・ハント，是陰性，但是手指デア・フィンゲル則是陽性。對我們來說有點麻煩，要記住這個名詞的所有格是什麼？目的格是什麼？複數的時候是怎樣變化的。動詞也是一樣的，有時態的變化、人稱的變化等，種種複雜的變化。俄語、希臘語等的變化更難。

其次是閃語族、含語族的語言領域（如圖所表示的非洲、亞洲的語族）。其中的代表是阿拉伯語。分布在北非一帶。據說古代的埃及語也是其中之一。這種語言的特性是，單語是以三個輔音爲基礎，譬如把 ktb 並排在一起就成了和「寫」有關的詞，「kataba」就是「書」的過去完成式。要是改換其中的元音就成了「寫」、「寫的人」、「書寫」本身、或者是和「寫」有關的「書」。它和印歐語言一樣，名詞也有性的區別。

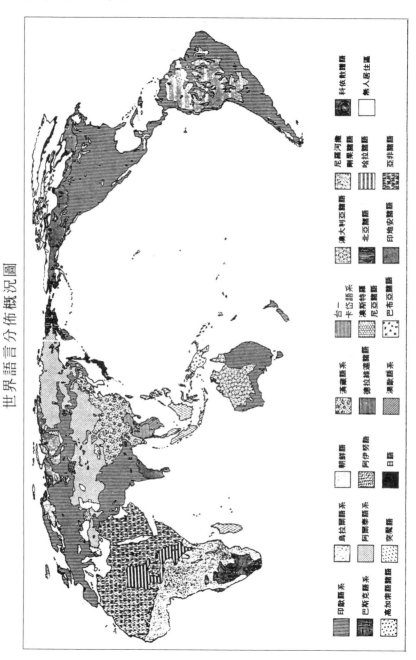

世界語言分佈概況圖

和田佑一先生繪製

　　接著，歐洲的匈牙利、芬蘭的國語是屬於烏拉爾語系，據說原來是由亞洲發展出來的語言，這種語言和亞洲北部的阿爾泰語是很相似，阿爾泰語的代表是土耳其語、蒙古語，然後就是從前的滿州地方——住在中國的東北部的語言，住在那裏建立了「清朝」民族的語言。

　　烏拉爾語系、阿爾泰語系和語言和日語是很相似的。不像歐洲語言那樣有不規則語言變化和名詞的性的區別，名詞的格是附在名詞之後的語言——像用日語的助詞那樣表現出來，動詞也和日語一樣，語尾有規則的變化，表示細微的意思不同。

　　另一面，在亞洲東南部是漢藏語系和澳斯特羅尼西亞語系，這些語言是語法簡單，沒有其它語言所有的動詞的變化，名詞的格的變化以及表示單數、複數等複雜的區別幾乎是沒有的，助詞的數量也很少，如國語，改變單語排列的順序其意義也就隨之不同。在中國語等，漢文在單字排列的不同和意思的不同有很大的關係。

　　在太平洋上還有澳斯特羅尼西亞語系，其中的代表是印尼語。最遠達到馬達加斯加島。此外，還有美洲大陸、非洲大陸的各式各樣的語言，目前還沒有證明哪種與哪種是同系，所以還不能稱之為某某語系。

同系統的證據

	印尼語	斐濟語	瑪歐利語（紐西蘭）	夏威夷語	麥利那語（馬達加斯加）
1	satu	ndua	tahi	kahi	isa
2	dua	rua	rua	lua	rua
3	tiga	tolu	toru	kolu	telu
4	empat	va	wa	ha	efatva
5	lima	lima	vima	lima	dimi
6	enam	ono	ono	ono	enina
7	tudjuh	vitu	witu	hiku	fitu
8	delapan	walu	waru	walu	valu
9	sembilan	tsiwa	iwa	iwa	sivi
10	sepuluh	tini	ṅahuvu	úmi	fulu

　　那麼，到底不同的語言在什麼樣的情況下才算同族呢？在開頭已敘述過的數詞比較就能明白，如剛才所說的，就澳斯特羅尼西亞語系來說，它分佈於太平洋各地，譬如印度尼西亞語、斐濟語、瑪歐利語、夏威夷語等。1、2、3～10 的數詞彼此非常的相似。可以認為這些語言是同一根源分支出來的。印度尼西亞語「7」以上的數詞和其他幾個語言之所以不同，這可能是由於某種情況所引起的個別的變化。

　　值得注意的是麥利那語，這是印度洋西部馬達加斯加島土著民族的語言，連如此遙遠地方的語言都極為相似，這很可能是古時候印度尼西亞的土著居民航海到馬達加斯加，就在那裏定居下來了。

探討同系統的語言

　　如此看來在日語的數詞：ヒトツ、フタツ、ミッツ、ヨッツ

……等完全相似的數詞是沒有的。朝鮮語的 hana tul set ……愛伊奴族語的 shine tu re ……，雖然距離很近，但也沒有相似的形狀。因此在世界的語言中，日語總覺得好像是孤立的語言。有很多覺得沒有類似日語是很遺憾的，總想找出它的語系來，有人把日語和太平洋諸島的語言相比較，也有人把日語和南美的語言相比較，但都未得到令人滿意的證明，現能明確證明和日語同系的只有沖繩的語言，過去由於沖繩的語言聽起來一點也不懂，所以一直到明治時期還把它叫做「琉球語」，認爲是一種外國語言。可是現在看來，與其說是同系還不如說是日語的一種方言更爲恰當。沖繩的數詞 1、2、3、4……的發音是 tiici，taaci，mi ici，yu uci……這是首里的語言。所謂的首里是長期以來王城的所在地，所以它的語言也就是沖繩的標準語。把沖繩語，說是和日語同系，任何人都不會提出任何疑義的。

在沖繩以外，又發現和類似日語形狀的是明治時代的新村出博士。他所提出的報告說，同日語相類似的還有古時候在朝鮮半島立國的高句麗的語言。在那裏，出現了「三峴縣」、「七重縣」、「十谷縣」等詞。這些都是用漢字所寫的高句麗的地名。可是關於該地的唸法，卻可發現這是依據高句麗的唸法。如「三峴縣」的「三」可寫成「密」，讀成「ミッ」，和日語的「三」（ミツ）相似。「七重縣」的「七」則寫成「難」讀「ナン」音，和日語的「七」（ナナツ）相似。「十谷縣」則寫成「德頓忽」，「十」的トゥ和日語的トヲ相似。由此讓人懷疑高句麗語和日語是屬於同系的。如果再更深入研究，就好了，但是由於資料太少了，只能瞭解這些了。

戰後，京都產業大學的村山七郎先生進行過各種探索，並發現了除了上述以外還有少許的例子。村山先生甚至認爲，百濟國的語言是和日語相似的，但還不能說是決定的。

現在的學術界，有如下具有說服力的定論，在文法性質相似

看，朝鮮語是擁有最近的關係，然後接著是和阿爾泰語相連結。但是，在發音上來看，因為和玻利尼西亞語相似，則認為玻利尼西亞語系的種族曾在日本住過，因此日語根基中存在著那樣的語言。

　　然而，在學者之中，有提出各種學說的。譬如：京都大學的西田龍雄先生，主張日語和緬藏語相似，認為和帕普亞高地族的語言有關。最近又有學習院的大野晉先生提出日語和印度南方的達羅毗荼族的泰米爾語相似。其理由是泰米爾語的很多單語和日語的相似點有很多。將來好像會變成很有趣的事。達羅毗荼語是擁有悠久歷史的大的語言。但其全貌尚未弄清楚，我也很難作出判斷。但是，要是能找出相當於日語親屬的一種語言來，那是我們所期望的。

日語的孤立性

　　所謂的日語，如上所述，我們很清楚地知道沒有同語系的語言，所以可以說日語是一種孤立的語言，這樣的孤立的語言，其它是否還有呢？在歐洲的巴斯克語是有多的。它的語法非常地難，據說單語就是一個句子。其次是印度北部人數極少的普魯夏斯基人使用的語言；接著是安達曼語，是緬甸南方一個島上的語言，它和周圍的任何語言都無相似之處；再來就是日本北方的愛伊奴語；這些和利亞克語並列在一起，都是具有代表性的孤立語言。要是日語也是其中之一的話，那日語就是無依無靠的天涯孤兒了。

　　譬如前面所敘述過的烏拉爾語系，如果把匈牙利語、芬蘭語等有幾個語言匯集在一起，即可繪出一張十分整齊的系統圖。日語也可以說是由關東語、關西語、八丈島語、沖繩語等形成的。日語的方言，彼此互相的不同，差別是很大的。

　　按照那種辦法組合一下，使用烏拉爾語人數有二千萬人，使用日語的人數有一億一千萬人，所以人口是有五倍以上，日語是很了不起的。但是，在日語中有全國共通的共通語，這決不是一件壞事，而是一大長處。從這方面看，日語好像就不是天涯的孤兒了。

由其他語言所受的影響

　　日語，由於是那樣的關係，所以把日語當作一個整體來看時，從其系統來看時，可以說是孤立於其他語言之外，還有就是和其他語言的交往也不多。對此在你們之中，或許有人會指出，日語中不是有很多漢語語彙嗎？並且最近英語語彙又是橫行無阻嗎？但是，這和其他國的語言相比，受到外國語言的影響還算是小的。

　　譬如，匈牙利語是在歐洲語中部孤立的烏拉爾語之一，原來是亞洲的語言，因此，有像是歐洲語那樣的冠詞，和日語的語言順序一樣，動詞也是在句子最後出現；並受到日爾曼語影響，疑問句時動詞提前。或者在發音方面也受到了影響，重音全部是在最前面的音節上，逐漸變成了有冠詞的歐洲語言。然而日語在發音上幾乎沒有受到其他語言的影響，在語言的順序等基本語法性質方面，一點兒也沒有受影響，芬蘭語以前根本沒有前置詞，而現在有了，這表示受到了周圍的歐洲語言的影響。

由中國語所受的影響

　　日語古時候的確受到中國語的影響很大。譬如文章全部都用中國語寫的時代。例如聖德太子的十七條憲法的第一條，就是用漢文寫的「以和爲貴」這樣的寫著。現在注上回讀記號和假名，讀作：「和をもって尊しとなす。」回讀記號和假名等是產生於平安時代，聖德太子的時代並不是這樣讀的。恐怕當時可能讀作「イーホウウェイクイ…」，是按中國語讀音讀。因爲是用中國語寫的。好像是和讀佛教的經文一樣。經文上是不注回讀記號的假名的。

　　如「爾時佛告長老舍利弗從是西方過十萬億佛土有世界名曰極樂…。」上面所寫的是『阿彌陀經』經文的開頭部分。如加上回讀記號和假名，應讀作「そのとき、仏長老舍利弗に告ぐ……」，但在讀經文時實際上也不這樣讀的，而是要從上面按照順序讀作：

爾　時　仏　告　長　　老　舍　　利　弗
ジーシーフーコウチョーローシャーリーフ這也是中國語的
一種。

　　在賀年卡上這樣的寫著「謹賀新年」，要讀作「キンガシンネ
ン」，而不讀作「謹しんで新年を賀す」。這時並不能認爲大家都
能寫漂亮的中國語的文章，但可以說是時至今日還受到中國語的影
響。但這是特例吧！以前的『日本書紀』等也是用中國語寫的，德
川光圀的『大日本史』也幾乎是用中國語寫的。現代，特別是是在
戰後文章中多用假名，可以說日本文學也漸漸地成爲日本化了。

　　因此我們說日語沒有受到其他國家國語的決定性的影響；發音
形式方面如此，語法的方面也是如此。我有時也曾想過，日語多少
受到其他語言的影響，起些變化可能會更好些。日語的語法、日語
的發音，仍是古日語的姿態，無大變化。受到影響最大的是吸收了
大量的外來語，但是在發音和語法上只是一點點而已。

對其他語言的影響

　　如此這樣的日語在難於接受其他的語言的影響的同時，也沒有
給予其他語言多大的影響。

　　所謂的朝鮮語是日本近鄰的語言，在單字方面是有些影響的。
在郭永哲先生送給我的『韓國語中來自日本的外來語』一書中，日
常生活中，把「型」說成「カダ」衣服的花樣也說成「カラ」，把
裝飾說成「カサリ」，在食物關係上，「ソバ」（蕎麥麵）、「カ
マボコ」（魚板）、「カミソリ」（刮鬍刀）、「ゲタ」（拖鞋）
等等，也是受到日語相當大的影響的。

　　另外，在『言語』雜誌上，有人提出這樣的報告；第二次世界
大戰的結果，日語的單字在南方的語言中擴展開來。在印尼語中就
有「勞務者」、「義勇軍」、「兵法」等日語詞彙。密克羅尼西亞

的普羅亞那語中也有類似的詞彙。遺憾的是與其他國家的語言對外影響相比，日語還差得遠。

　　羅依· Ａ ·米勒先生收集的傳到歐洲和美國，成爲國際語的日語單字，其中主要的是「Kimono〔着物〕，（和服）」、「tatami〔畳〕，（榻榻米）」、「shoji〔障子〕，（紙窗）」、「saque（酒）」、「moxa〔もぐさ〕，（艾蒿）」、「urushi（漆）」等等表示日本的文物的單字。

II. 日語的發音

1. 日語的拍數

日語發音的單位──拍

　　從發音方面來看日語的話，首先可以說發音單位是少的。比如，在日語裏的「桜が咲く」這句話。我們日本人不論是什麼樣的人，都能用假名寫成「サ・ク・ラ・ガ・サ・ク」，能夠把假名一個個地讀出。即使是小孩子，也能把「さくら」這個語詞劃分為サ和ク和ラ，也能利用サクラ這個語詞中的サ音來說出其它語詞，更可以把サクラ這個語詞倒過來就變成了ラクサ。或者玩接詞尾遊戲，有一個人說サクラ另一個小孩子接這個語詞尾──ラジオ像這樣的回答的遊戲。

　　這些都是日本人所很熟知的。學者就把這一個個的單位稱作「音節」。由於學者們對音節一詞的意思有不同的解釋，為了避免誤會起見，這裏把音節改稱為「拍」，也就是說把「桜」這個語詞，可數為サ・ク・ラ，所以サクラ是三拍的語詞。

　　一提到發音的單位時，很多學者，把「音素」做為最小的單位，譬如，假名サ，用羅馬字母來寫可寫成 sa 分為 s 和 a 二部分。有人把 s 或 a 稱為發音單位，按羅馬字母劃分，的確是那樣的，但在實際日常生活中，サクラ的サ並不能分為 s 和 a 來讀。所以這裏把假名作為最小的單位。我在本章開始時講的日語發音單位少，就是指這種「拍」的種類的數量少。

日本語拍一覽表

ア	イ	ウ	エ	オ	ヤ	ユ	ヨ	ワ	ヲ
カ	キ	ク	ケ	コ	キャ	キュ	キョ		
ガ	ギ	グ	ゲ	ゴ	ギャ	ギュ	ギョ		
ガ゜	ギ゜	グ゜	ゲ゜	ゴ゜	ピャ	ピュ	ピョ		
サ	シ	ス	セ	ソ	シャ	シュ	ショ		
	チ	ツ			チャ	チュ	チョ		
ザ	ジ	ズ	ゼ	ゾ	ジャ	ジュ	ジョ		
タ			テ	ト					
ダ			デ	ド					
ナ	ニ	ヌ	ネ	ノ	ニャ	ニュ	ニョ		
ハ	ヒ	フ	ヘ	ホ	ヒャ	ヒュ	ヒョ		
バ	ビ	ブ	ベ	ボ	ビャ	ビュ	ビョ		
パ	ピ	プ	ペ	ポ	ピャ	ピュ	ピョ		
マ	ミ	ム	メ	モ	ミャ	ミュ	ミョ		
ラ	リ	ル	レ	ロ	リャ	リュ	リョ		
		ン	ッ	ー					

表II－1　日本語拍一覽表

日語的拍數

在日語裏到底有多少個拍呢？首先就是上面表中所列的那些。這個表是改編的「五十音圖」，古人也許認爲日語只有 50 個發音單位。實際上是還有一點點，我算是有 112 個。外來語和感嘆詞除了上述音之外還有ティ音和ディ音，在這裏都省略了。此外還有鼻濁音カ゜キ゜ク゜，如「眼鏡」、「鍵」等在詞中間的が、ぎ，這些都是氣流從鼻腔流出的柔和音。

日語的 112 拍數，和其他國家的國相比較，拍數是相當少的。而且這裏邊有的拍的音很少出現的。例如「ヒュ」音，在九州有叫

「日向」（ひゅうが）的地名，只在那時才用。含有ビュ音，就只有在和「錯誤」同義的「誤謬」（ごびゅう），時才用。ピュ音用的就越來越少了，只用在「風呼呼地吹著」。使用「ミャ・ミュ・ミョ」音的語詞更少了，ミューゼアム含ミュ音，但這是外來語是不行的。日本固有詞彙中有哪個詞含有ミュ音，有人知道嗎？老實說，我花了三年的時間，在第三年好不容易在東京電話簿上找到了一個含「ミュ」音的字，是一個人的姓。電話簿上也只有三十家左右姓這個姓，是「大豆生田」，據說是讀作オオマミュウダ。這就是有ミュ音的詞。大家在小學的時候，學習「五十音圖」，其中有ミャ・ミュ・ミョ的發音練習。這是爲了什麼呢？我想這是爲了要能夠正確發出「大豆生田」的音才這樣反覆練習的。

此之外還有ヲ這個音，其他的學者好像不承認，而我則認爲正正當當地存在著。在什麼場合呢，在「強い」接上ございます的時候，就成爲「強うございます」；和「強い」相反的「弱い」，它在後接「ございます」時，則爲「よ wo ・ーございます」。よ之後就出現「を」這個音。大家以爲如何呢？因爲平時都是寫漢字，並不把假名一一寫出來，但把這些音拍算進去，固有的日語的拍數只有 112 個。

外國語的拍

大家或許會認爲有 112 拍不是很好嗎？要是和外國語比比看的話，這是多麼少啊！

中國的北京官話——現在叫北京話，是中國的標準話，中國語學者魚返善雄先生，數了中國語語音的拍數，他報告說中國語有 411 拍。是日語的三倍以上。據說北京話是中國語全體語言之中拍數最少的語言。

那麼，經常和日語相比較的英語又如何呢？實際上，英國人並沒有數過，可能是太多了數不過來！有一位日本人想要作統計，那

就是大阪帝塚山短期大學的英語老師楳垣實先生。楳垣先生想：
「他們要是不作統計，我來作。」於是就統計起來。但他還沒有完
全統計完就去世了。在臨終前，在帝塚山短大的紀要裡曾發表過此
事。楳垣先生這樣的寫道：「總覺得不在八萬以下。」這樣結果，
就是日語的八百倍了。有句「ウソ八百」（謊話連篇），用在此處
當然是不恰當的，但不論怎麼說，英語的拍數之多是無法相比的。

這是怎麼一回事呢？日本人聽到英語的 dog 和 cat 這個詞就分
析爲先發ド後接促音最後發グ，但英國人並不是這樣認爲，他們把
dog 看作一拍，cat 也是一拍。雖然 monkey 可分爲 mon 和 key 二拍，
tiger 也可分爲 ti 和 ger 二拍。但 dog 和 cat 都是一拍的單語，這樣
全部統計起來，拍數就變得非常的多。

那麼，日語在全世界的語言中拍數最少的語言嗎？也並非如
此。拍數少而有名的是夏威夷語。我想大家一定會幾個夏威夷語的
單字。不管匯集多少個夏威夷詞，都可用假名寫出來，如：ハワイ
（夏威夷）、ホノルル（檀香山）、ワイキキ（夏威夷群島）、ウ
クレレ（四弦琴）、フラ（搖擺）、アロハ（歡迎或再見）、カメ
ハメハ（王爺名）、リリオカラニ（姓名），而且夏威夷語雖然有
假名，但サ行的音和タ行的音一個也沒有。所以，即使連牙齒都掉
光的人，或許也能說夏威夷語也說不定。

拍數少的優點

這樣的語言，雖然拍數比日語少，但日語可以說是世界文明國
家中語言中拍數非常少的語言。日本人是個謙虛的民族，一說到拍
數少的語言總覺得好像是一種未開化民族的語言似的。然而，日語
正因爲拍數少而受益。也就是可以說很少有像日語這樣易於用文字
表達的語言。

我在開始就說在小學一年級時學生要學「さくら」一詞的寫
法。「さ」音是這樣寫；「く」音是這樣寫，即さくら這個詞不管

哪個孩子都知道是由さ・く・ら三個音構成的。因此在學「桜が咲く」時，只要寫「咲く」就好了，「さく」，倒過來就是「くさ」就成為誰都知道的「草」了。不論是發音為くら的「倉」，還是くらさ的「暗さ」，也都能寫出來。日本的孩子若是聰明，在一年級第一學期就能區別112個音；一到一年級的第二學期時，就能把自己所知的語詞，什麼都能寫出來，這是非常幸運的。

學英文好像是不能這樣的，英語是一個一個地教單字的寫法，所以在學校裡學過的單字會寫，沒有學過的單字就不會寫。把一年級下學期的日本的小孩子和美國的小孩子所寫的作文比較一下，有大人和小孩之差。在日語裏有難寫的漢字，如果必須用漢字寫，那就要另當別論了。總之，如果單從寫出來人們就懂這一點上來說，那日本人就是得天獨厚了。

我經常說，日本之所以文盲少，那是因為日本教育是極為優秀的，那的確也是一重要因素之一。但是，我想有比這個更為重要的因素，那就是因為日語的拍的種類很少，容易用文字寫的語言。

拍數少的缺點

因為日語拍的種類很少，所以簡短的來表現的話，就會出現了很多發音相同而意義不同的語詞。一般想用日語表現時，都把表達方式拉長。

譬如在英語裏「It may …」的may一詞在英語中據說是一拍，如果譯成日語，就是「かもしれない」，就變得很長了。「I must …」中的 must 在英語中據說也是一拍，譯成日語就是「しなければならない」，就得更長了。

中國語以用短句子來表達有名。日語中的「ありがとうございます」，在中國語中用「謝謝」來表達即可，但日語無論如何都得拉長。除了日語以外，長的單語多的語言有名的是俄語，然後就是德

語。在俄語裏，只要一打開書，馬上就會看到像internacionlizirova'（使國際化）č elovekonenavistič nost'（仇視人類）這樣的語言。在德語裏，「彩色照片」是Naturfarbenphotographie，「發展的可能性」是 Entwicklungsmöglichkeit。這些在英語等語言可用兩個詞來表示，或許不會變長，但德語就變長了。

　　日語裏有和這類長詞抗衡的是植物品種的名稱。シロバナヨーシュチョーセンアサガオ寫成漢字是「白花洋種朝鮮朝顏」其次是斎賀秀夫先生教了我一個長詞是「禁酒運動撲滅對策委員會設立阻止同盟反對協議會」，如在後邊再加上「促進委員會」或許就變得更長了。

有很多的同音語

　　要是想要避免單字變得長，無論如何同音詞就會出現很多。日語的同音詞的例，我想大家也都知道的是。「橋」、「箸」、「端」行業名稱中有「製靴業」、「製菓業」、「青果業」、「生花業」等是有名的。「令閨」和「令兄」弄錯了就很難看了。「禮遇」和「冷遇」意義則就相反了。

　　我以前收到了一本叫做「こうさい」的雜誌，剛收到時，我想這是人和人之間的「交際」，翻開裏面看一下並不是那樣的。那麼是「公債」嗎？因爲有「股份公債」這句話，所以我想是那個意思但是一看原來是「鐵道弘済会」的「弘済」要是這樣的話，眞是難以理解。

　　由於這樣的關係同音詞量多就產生很多麻煩的問題。可是，另一方面又可以利用同音詞多的語言能玩各式各樣的文字遊戲。

　　中國語、泰語也是同音詞多的語言。只要用同音語就能成一篇文章，如泰語的mái（木）、mài（新しい）mâi（～ない）mái（燃え）意思是：「新しい木は燃ない。」（新鮮木頭燒不著。）據說

這句話是句諺語。根據『言語』雜誌刊登橋本萬太郎的文章介紹，中國語裏有句：「石室詩士施氏嗜獅，誓食十獅。」據說只能說 Shi 的音而已。

日語裏也有「貴社の記者は汽車で帰社する」或「歯科医師会司会」之類等同音詞多的句子。

同音詞的活用

只有利用詞的同音這個性質來進行文字遊戲實在是太可惜了。它能利用來記憶枯燥無味的數字。譬如要記住電話號碼或者年號時就可運用它。比如哥倫佈發現美洲新大陸是 1492 年。把這個年號說成「石国だった」就能記住了。「石国」讀イシクニ；1492 的簡便讀法就是イシクニ。記住小月，就把二、四、六、九、十一說成「西向く士」（にしむくさむらい）。にしむく是二、四、六、九的簡便讀法，さむらい漢字是「士」，即十下一橫為十一。$\sqrt{2}$ 則說成「一夜一夜に一見頃」即「ひとよひとよにひとみごろ」，日本人可把這假寫成為 1.41421356。圓周率也同樣，日本人在外國人之前寫出 3.1415926535897932384……外國人為之瞠目結舌。也許會被問到為什麼你能得出來呢？如回答說日本人頭好，像這樣的，只用一個晚上誰都能記住，他們將會敬佩不已。其實記這個數並不難，只要記住下邊這句話即可記住圓周率。這句話是「才子異国に智さ（智にいったとさ）子は苦なく（子は苦労がなく）身ふさはし」（才子入贅他鄉，生活無慮，身分相應），後邊要加上「炉に蒸し耳病に泣く」（進入爐內，患耳疾而哭泣）。這樣一來不論多長，日本人都能記住，這應該可以說是日本人的特殊技能。

歐洲人是如何記住這些數字呢？比如：哥倫佈 1492 年發現美洲大陸，據說他們是這樣記的，「In fourteen hundred and ninety two，Columbus sailed the Ocean Blue.」這句話倒像是一首詩，但要記住這首詩是不簡單的。要是這樣一開始就記「1492」就好了。

日本人的同音詞數量之多，在世界語言中也是一個難得的特色。

日語歌的特色

但是，同音詞多，障礙也多，特別是在歌唱的時候就傷腦筋了。之所以會這樣說是因爲歌唱時要把音拉長。比如，突然把「さ」音拉長爲「さー」後面到底接什麼呢？……風雅之士會想是一曲櫻花之歌，可是愛酒的人會想是一首酒之唱。

從外國傳來的歌曲，總之開頭拉長的歌很多。「に――わのち――ぐ――さも」這樣的歌詞，大家會認爲是日本歌吧！但我卻感到這是從外國傳來的歌曲加上的日本的歌詞。第二次世界大戰結束後，出現了許多把開頭的音隨便拉長的歌曲――「は―れた空，そ―よぐ風」這的確沒有日本歌的味道。所以它也就很符合「憧れのハワイ航路」（令人嚮往的夏威夷航程）這首歌的歌名了。

各位是否注意到日本自古以來的歌詞，開頭的兩拍是連在一起的，然後再拉長。用箏伴奏的歌儘管悠然緩慢，開頭第一拍也並不拉長，而是「いつ―ウーウーまーで―エーもー」（八千代獅子）開頭把「いつ」連續的唱著。唱浪花曲時就是要讓對方聽得懂，因此開頭時不拉長，「たび―ゆけ―ばーアする―がの―国に―ィ茶のォ香ーり」並不是把開頭的「た」拉長。

戰爭結束前有一首叫做「箱根牧馬歌」的歌。因爲是唱片，所以要唱三分鐘。這三分鐘裏要把「箱根八里は馬でも越すが、越すに越されぬ大井川」這七、七、七、五共二十六拍歌詞，要是每音拍平均各拉長一拍意思就變得不懂了。所以實際唱的時候是把「箱根ェェェ……」和「八里はァァァ……」唱完之後，再開始把後面的拉長。在這方面，我想日本人是有怎樣才能更符合日語的知惠的。

2. 元音(母音)和輔音(子音)的組合

日語的音素

　　所謂的拍，就是一般稱呼的元音（母音）和輔音（子音）組合而成的。但是日語的拍的組合方法具有其獨特的性質。

表II－2　日語拍一覽表

a	i	u	e	o	ja	ju	jo	(je)	wa	(wi)	(we)	wo
ha	hi	hu	he	ho	hja	hju	hjo	(hje)	(hwa)	(hwi)	(hwe)	(hwo)
ga	gi	gu	ge	go	gja	gju	gjo					
ka	ki	ku	ke	ko	kja	kju	kjo		(kwa)			
ŋa	ŋi	ŋu	ŋe	ŋo	ŋja	ŋju	ŋjo					
da	(di)	(du)	de	do		(dju)						
ta	(ti)	(tu)	te	to		(tju)						
na	ni	nu	ne	no	nja	nju	njo					
ba	bi	bu	be	bo	bja	bju	bjo					
pa	pi	pu	pe	po	pja	pju	pjo					
ma	mi	mu	me	mo	mja	mju	mjo					
za	zi	zu	ze	zo	zja	zju	zjo	(zje)				
sa	si	su	se	so	sja	sju	sjo	(sje)				
(ca)	ci	cu	(ce)	(co)	cja	cju	cjo	(cje)				
ra	ri	ru	re	ro	rja	rju	rjo					
		N	T	R								

　　表II－2（參照44頁）的「拍的一覽表」中，用發音符號把輔音和元音分開了。另外，表II－1（參照37頁）的圖表中並沒有包括外來語單語的音素，這次以括號括上的形式加以補充。如（hwa）就是ファ音，（hwi)就是フィ音，用於ファッション（樣式）和フィルム（軟片）這樣的外來語。（dju）就是プロデューサー（導演）中的デュ、（ca）、（ce）、（co）是ツァ、ツェ、ツォ。

這樣一來，日語的拍數是 130 個左右所形成的。

用元音 (母音) 爲結尾的性格

由此看來，日語的拍和其他語言的拍有大不同的特點，日語的情形很多是像 ha、hi、hu、he、ho、ga、gi、gu、ge、go 等由一個輔音和一個元音組成的。除此之外還有一些是像hja、hju、hjo等中間介入個半元音的。不管哪種都是以元音爲結尾的，這就是日語的最大特色，因爲我們都習慣了，不管是「ハ」還是「ヒ」不管是「カ」還是「キ」都認爲是一個音的單位。所有的拍都是這樣組成的，所以也並不感到有什麼稀奇的。但要是放眼看世界上的語言，就顯得很珍貴了。

總之，日本的近鄰韓國和中國的語言就不是這樣。用中國語把我們日本的國名說成ニッポン時，讀爲nit-pən是二拍，嚴格說來n音雖然多少有些差別，但大致相同。在中國語裏把 nit 的部分作爲一拍，pən的部份又是一拍。韓國也相差不多，現在說il-bon；il爲一拍，bon 爲一拍，這麼一來，第一拍和第二拍都是以輔音結尾的。就是這樣構成的語言。

這是論述日語的系統非常重要的。在日本周圍，各國的語言沒有像日語這樣，每拍是以元音爲結尾的語音。所有拍都是以元音爲結尾的語言，距離日本最近的是玻利尼西亞語言就是這樣的。由此出現了日語形成時候是不是有玻利尼西亞民族曾在日本住過的說法。

元音 (母音) 爲結尾和輔音 (子音) 爲結尾

在世界的語言中，像日語那樣所有的拍都是以元音爲結尾的語言，以及，所有的拍都是以輔音爲結尾的語言有二種。每拍以元音爲結尾的語言中最爲有名的是意大利語。打開意大利語的辭典來看，以元音爲結尾的是很齊備的。這是很卓越的。比如從封面的書

名來看也是如此；『Nuovo Dizionario Italiano-Giapponese …』（『意日新辭典』），我們都知道，從意大利語來的外來語雖然不多，但如ピアノ（鋼琴）、マカロニ（通心粉）等也能用片假名來寫。因此，在歐洲意大利語是一個以元音結尾而有名的國語。

但是意大利語中也有為數不多的拍是以輔音為結尾的。徹底地每個拍都以元音為結尾的語言是太平洋的玻利尼西亞民族的語言，夏威夷語是其中之一，以前收受了在夏威夷我所認識的人寄來的聖誕卡片在上面這樣地寫著：Mele Kalikimaka Kekemapa 25, 1980。前面的メレカリキマカ是聖誕節的意思。本來，Christmas 是以輔音為結尾的語詞，但夏威夷人是把它變為以元音為結尾的詞了。所謂的ケケマパ就有點不懂。但考慮看看的話，這是 12 月的意思。夏威夷語的拍比日本語更加清楚的，是由一個子音加上一個元音而成的。在撥音的地方也是由一個子音加上一個元音 ma 來代用。

另一方面，每拍以輔音為結尾的代表的語言是英語。dog、cat、lion 等全都是的。monkey 等好像是以「イ」元音為結尾似的，但仔細分析音的話，卻是「キイ」部分中「キ」的元音「i」要比「イ」的部分的「i」要短窄。因此仍可以看成是以輔音為結尾的。德語、瑞典語等，也有以元音為結尾的單語。德語中的Herbst（秋）是以四個輔音並列結尾的。在瑞典語中，這裏引用野元菊雄先生著作中的skälmskt（頑皮的我）就是以五個輔音並列結尾的。這些都是每拍以輔音為結尾的代表的語言。

在世界的語言裏，像這樣的以元音為結尾的語言，以輔音為結尾的語言更還有中間的語言，像剛才敘述的中國語和朝鮮語的語言。即每拍有以元音為結尾的，又有以輔音為結尾的。

而日語特別是遠古時的日語就是典型的每拍以元音為結尾的語言，和朝鮮語不同。這麼一來才有日語的產生的基礎是玻利尼西亞語的說法。

日語是一種優美的語言

日語是每拍以元音爲結尾的代表的語言，這給日語帶來了什麼樣的影響呢？關於這一點，瑪麗歐・貝伊的 "The Story of Language"（"語言故事"）中「語言的審美學」一章有趣的寫著；在語言之中有聽了很優美的語言和不優美的語言。

日語是如何呢？因爲日本人謙虛，所以會不會被評爲是一種難聽的語言呢？我一邊捏一把冷汗一邊看著這本書，但是貝伊是把日語列爲優美的語言之一。優美的語言是意大利語、西班牙語，其次就是日語了，爲什麼說是優美呢？根據貝伊的說法是每拍都是以元音爲結尾。要是每拍都是以元音爲結尾的話，使用元音的詞就多，爲此日語就成了優美的語言了。那麼，爲什麼說元音是優美的呢？據說輔音的「S」等處難譜曲，因爲「S」音，不論是音色好的人，還是音色不好的人，發此音時聽不出什麼區別。的確是那樣的，而只有在發元音時才能聽清楚一個人的音色是好的，所以像日語那樣元音多的語言就成了優美的語言了。另一方面像英語的asks，德語的 Knechtschaft 等詞就成了最難聽的單語了。

我認爲這種說法是有問題的，但也有一番道理。我所認識的聲樂家四家文子小姐就說，歌唱到高音時就感到，有的音好唱，有的音難唱。什麼時候容易唱呢？「a」音「o」音容易唱，相反的「i」音就難唱。e 和 u 處於中間的。舒伯特的「野玫瑰」一曲最後的 2（徠）2（徠）3（咪）4（發）5（索）6（拉）7（西）i（多）一處，從前譯爲「ばら、ばら、あかき」。這樣據說實際上是很難唱的，爲什麼難唱呢？因爲最後的最高處是用i元音拉長。バラバラ雖然都是元音a，最關鍵的地方用i結尾，也有填不合理歌詞的人，的確和ラー相比キー並不優美。

元音有「ア、イ、ウ、エ、オ」五個，據說イ音是最不優美的，這是因爲イ音有著最接近輔音的性質。也許就是因爲輔音是在イ音的性質的延長上的關係，所以或許能說更不優美了。

日語元音的不平衡

　　從上述觀點來看一看日語時，令人感到極爲有趣的是能否說日語比意大利語更優美呢？在這裏是大西雅雄博士以前關於世界各種語言的什麼樣的元音使用量多，所提出的統計表，表II—3 就是其結果，根據這個日語的順序是 a、o、i、e、u。優美的元音都在前面。英語等是如 e 這樣低短元音居多，接著是屬於 i 一類的音，a 大部分都在下邊。這不能說是優美的語言。意大利語和日語相似，不過還是 a 是最多數，其次的順序是 e，o，i。

表II－3　主要國語的元音使用頻率

日本語	英　語	法　語	意大利語	德　語	俄　語
a　15.96	ə　4.63	a　7.844	ɑ　8.940	ə　8.567	a　9.997
o　12.00	ɪ　4.42	i　5.337	e　8.800	ɪ　4.256	ə　9.664
i　10.50	i　4.11	e　4.955	o　7.235	ɑ　3.963	ɪ　5.237
e　5.76	æ　3.50	ɛ　4.530	i　7.190	ɛ　3.476	o　3.963
u　5.57	e　3.44	ə　2.827	ɛ　1.244	u　2.179	u　3.410
	(cf.a 0.02)				

以各國語言中短元音數的順序取到五位數的百分比
（引自『音聲研究』一爲中大西雅雄的文章）

　　這麼一來從發音來看，日語在世界上是極爲美好的語言。但從日本人說話而得到的感覺卻並不那麼美，這是的的確確的。這是不是由於日本人的音色不好呢？要是從聽到時的感覺來看日語，元本就不是優美的語言呢？

　　話雖如此日語裏有很多意大利語裏很少有的ga、gi、gu……之類。有很多發自口腔內部的音。瑪麗歐‧貝伊先生也承認這一點，他說很可惜的是日語裏有很多喉頭音，如「ガイコクゴダイガク」

（外國語大學）「ゲンゴガクガイロン」（言語學概論）等詞。

撥音、促音、長音

前面的「拍的一覽表」的最下面有一個「NTR」標記。N等於「ン」，就是撥音，コンド（今度）、タンボ（田圃）等詞所發的音；T 是「ッ」，就是促音，說「カッタ」（勝った）、「ハッカ」（薄荷）時的音；R 就是長音，如クーキ（空氣）、サトー（砂糖）等詞中「一」的發音。「クーキ」中ク之後有ウ。以「好惡」和「呼應」為例，「好惡」是把コ拉長，「呼應」是把オ拉長。即拉長的音不同。日語中的撥音、促音、長音在語詞中各佔有一拍。這種音在其他語言裏是沒有的。雖然有トータ（通った）、アリマセンッテ……（ありませんって言った）這樣的句子，這時促音是在撥音和長音之後，也有像「ウィーンッ子」（奧地利首府維也納出生的人）的語詞，長音、撥音、促音並列的情況。每個音就是一拍，那麼「ウィーンッ子」共有六拍，這是日語最難得的特性。

例如英語等沒有這種特性。因此美國人講日語，即使日語的語法能得滿分的人，他的發音也不會那麼滿意的人也有那是把撥音、促音、長音讀得不夠一拍長，甚至還有把該是一拍的音壓縮到前一拍裏去，出現讀到一起的傾向。例如「ニッポンノ」（日本的）的發音就比較難，往往變成了「ニポンノゥ」或說成「ニポンノゥキモノウワァトティモッケコウネ」（日本的和服非常的好。）也就是把ニッポンノ五個拍的音讀成ニッ・ポン・ノゥ三拍了。キモノワァ雖是四拍，但「ケッコウネ」五拍卻讀ケッ・コゥ・ネィ三拍。這種發音不佳正說明日語的撥音、促音和長音有其獨特的性格。

日本人的外語

　　相反地、日本人的外語發音是很差的，我也是代表性的人物之一。我想大家有這種經驗吧。在中學生時代變得有點傲慢，想唱一首外語歌來現一下。開始，記譜和記詞兩邊都記太困難，於是就先記譜再記詞。如「螢の光」（蘇格蘭歌曲）原詞是「Should auld ac quaintance be forgot……」和著曲子 51—11—32—12……唱，稍不留意，歌詞シュッド・オールド就跟不上曲子了；曲子完了而歌詞還沒唱完，這種事就經常發生了。

　　這是日本人一聽到「シュッド」時認爲シュ下面有一個促音ッ，然後再加一個ド，一聽到オールド，就把オ拉長，然後再發ル和ド換言之，即認爲シュッド是三拍，オールド是四拍。但是歐洲人認爲should是爲一拍，所以放在一個音符裏，auld也是一拍。歐洲語言的拍和日語的拍有著截然不同的性格。歐洲人並不把撥音、促音聽成各爲一拍，把相仿的音都放在前一拍裏，並與之合成一拍。前幾年坊屋三郎和一位身材高大的美國人在民營廣播裏做商品宣傳，說著冰箱的名稱。他們出現了發音不一致，那也是日本人說英語時的日本式發音的可笑之處。

　　總而言之，日語的撥音、促音都是充分的一拍。這是明治時代對於這個認識還不很清楚。例如讚美歌「主啊，靠近我吧！」有這樣的曲子是一首旋律很美的曲子。唱完「主よみ許に」之後接著唱「チイカズカン」時，把カ和ン唱成一拍就如五線譜A。這對於日本人來說是很難唱的。我們日本人如按自己的方式就很自然地唱成如五線譜B。即撥音在日語裏是一拍，所以在這個地方很自然地得加上一個蝌蚪符號。

　　可是當時譜讚美歌詞的人並沒有想到這些。而是按英語方式把ン附屬在前面的元音裏，合起來成了一拍。因此，拉長「チ」然後是「カ」和「ズ」，最後把カン譜成了一拍音。

不過要記住撥音

這麼一來，日語中的撥音、促音各是一拍，這到底為什麼會是一拍呢？

通常寫字時，因為有撥音、促音，所以才數為一拍的嗎？好像不是。這裏有著最根本的性質，譬如，媽媽讓小孩子看著飯碗，教著說：「你說說看，オチャワン，オチャワン。」小孩子就這樣說：「オチャワ，オチャワ」「不是オチャワ，是オチャワン。說說看：オ・チャ・ワ・ン」。也就是說母親把撥音擁有一拍教給孩子的。這樣一來孩子就知道撥音是一拍。並不是每個單語都是跟著學習，要是把那樣的語言聽很多次的話就會把撥音、促音當成完全的一拍了。

孩子們玩詞尾遊戲，或單語倒著說遊戲時，也是把長音、撥音當作一拍的。如コーヒー、コップ等詞，毫無疑問，這都是帶コ的單語。コンビーフ也帶コ，絕不會認為是コン。對小孩子們來說撥音、促音、長音也是完全的一拍了。

方言的撥音

可是，日本全國也並不是都把撥音和促音當作一拍的。我所知道的青森縣、秋田縣、岩手縣和山形縣的北方以及北海道入口一帶等地方是把長音、撥音、促音和前面邊的音合在一起。我曾詢問過有位叫無着成恭老師，小時候上國語文課的情況。他說他自己是在山形縣的山中長大的，由於和東京發音構造不一樣，不能像東京的孩子那樣地學習語文。比如「新聞」，在他們那裏便是「スンブン」，並且スン和ブン各是一拍。因此必須把スン寫成「シ」和「ン」，把ブン寫成「ブ」和「ン」，這樣一個字一個字地學習。可是東京的小孩子能把「シン」區分成「シ」和「ン」把「ブン」

區分成「ブ」和「ン」這實在是很羨慕的。聽無着老師所的話，他說的コンナコト……我聽的是接近「コナコト」，的確是把撥音的「ン」和前邊的「コ」發在一起了。他說：「こなこと，ちっともこわくなぃのよ。」（這樣的事一點兒也不可怕。）

在青森縣有叫做「彌三郎調」的民謠，是數數目的歌。彌三郎家娶了個媳婦，因為不合婆婆的心意所以被逐出家門，村裏的人們很同情她，就編了這首歌。從「ひとつアエー」開始，接著是「木造新田の下相野の」從字數看就覺得很奇怪了。比如，「キヅクリシンデンノ」是九個音，「しもあいのの」是六個音，「むらのはずれこの」是八個音，「やしゃぶろええ」這個是如何呢？第二段從「ふたつアエー」開始「二人と三人と」是九個音，「人頼んで」是六個音。

但是青森地方的數法就成了七五調了，是如何的數呢？他們的數法是キ・ズ・ク・リ・シン・デン・ノ這樣的數是七個音，シ・モ・アィ・ノ・ノ是五個音，ム・ラ・ノ・ハン・ジェ・コ・ノ是七個音。第二段的數法也是フ・タ・リ・ト・サン・ニン・ト，ヒ・ト・タ・ノン・デ，都是把撥音、促音混在前一個音裏了。這的的確確是青森縣樣子的語言了。

外國語言中的撥音、促音

由此看來，日語可說是真正的特殊的語言。那麼，世界上沒有這樣的語言嗎？是有的。比如中國的上海話、廣東話，數字「五」的音據說就發ン音。這和日本的撥音是相同的。其次是墨西哥的瑪雅語，這是古時發明文字，創造過燦爛文化的瑪雅民族的語言，即使現在還留有瑪雅的子孫。據那伊達先生著的『新語言問答』一書稱，瑪雅語的「到我們的村莊」則寫成t'kaaho，「t」右上的「'」表示促音，是一個音節，這和日語的促音完全相同的。

接著是印度的國語印地語，其國歌是：

Janaganamanaadhināyaka，jayahē Bhāratabhāgya vidhātā……在斷
斷續續的句子，有時比普通詞長兩倍的詞語。也就是印地語有和日
語相同的長音。

圖II－2　譜例「印度國歌」

西元前，在歐洲創造了輝煌文化的希臘語，也有和和日語很相
似的語言。有一位叫柏拉圖的人，當時希臘人認爲這個 Pla · to ·
n 是三拍。這個 n 正好是日語的撥音。ドラマ（戲劇）寫爲 drāma
這個 dra 是一拍，然後再加一長音 ma 是一拍 o logos 是三拍，通常
說來 s 是個輔音，但是在當時希臘語中是個半元音。那 sophia（智
慧）中的 s 是輔音；logos 中的 s 是在詞尾，則爲元音，而且是一
拍。希臘語中的 s 在詞頭和詞尾有字體不同的區別，便表示是輔音
還是元音；現在德語的文字還保留著字體不同這種習慣，但是不論
是在詞頭還是在詞尾，卻都是輔音。

3. 重音的問題

所謂的重音

現在如何呢？以前廣島有二種特產是水果的柿子和貝類的牡
蠣；二種東西同音，都叫カキ。秋天，搭乘山陽本線的火車，一到
達廣島車站就可聽到「カキー」「カキー」的叫賣聲。因此要是有

客人想要買水果的柿子，給的卻是貝殼的牡蠣；相反的想要買牡蠣，反而遞過來柿子。結果是大吵大鬧的。其次是，戰後有一首是小學生唱的歌曲，其歌詞是「垣（カキ）に赤い花咲く」（籬笆上開紅花……）據說也有小朋友認爲是柿子樹上開紅花，其實，「籬笆」也叫做カキ。

　　如前面所說的，在日語裏同音語詞多，因此容易產生混淆。爲了有效防止減少一點混淆，所以在日語單字讀法上有條重音的規定。

　　所謂的重音是什麼？這是學者下的定義每個單語的發音的高低或強弱的位置。因語言的不同，則有高低類的強弱類之分。日語則屬高低類，例如同樣是アメ，「雨」的アメ，メ比ア低，「飴」的アメ，メ比ア高；在柿子和牡蠣，「柿」的カキ是キ高；「牡蠣」是カキ是キ低。「朝」（アサ）和「麻」（アサ），吃飯用的ハシ（箸）和架在河上的ハシ（橋），以上幾組同音，爲示區別，總是把某個地方讀高或讀低。「垣のカキ」和「柿のカキ」讀音相同，但和助詞連在一起就不一樣了。讀「柿が」時「カキが」一直高到助詞が，讀「垣が」時，只有キ高，助詞が則降低。

　　英語和這個不同，一般英語語法書都會出現 abstract 一詞，假使把前面發強音的話是「抽象」的意思。是形容詞，讀爲abstract；可是要是把後面發強音的話讀爲 abstract。「抽象」是動詞英語是在發音音調上是屬強弱類的語言。

強弱重音和高低重音

　　要是說關於重音，世界的語言分爲二大類。英語、德語、西班牙語、俄語等歐洲語是屬於強弱重音的語言。與此相反，日語也是如此的，中國語、越南語、泰語、緬甸語，是屬於高低重音的語言。

　　這時需要注意的是有人會問，那麼日語就不分強弱了嗎？不是

也有時候把某個地方的音發成很重的嗎？確實如此。我們並沒有把一句話的一個一個的拍都發得一樣的重，有時某個地方的某個拍節是要說重的。譬如看棒球比賽的電視轉播。自己支持的球隊的運動員三振出局，非常生氣憤慨，這時嘴裏也會說「**ば**っかなやつだな、こんなとき<u>三振</u>なんか<u>し</u>やがって。」（笨蛋，這時候還來個三振出局。）這裏的「三振」的サ和「しやがって」的し都重讀。只有氣憤時才重讀。並不是三振的サ任何時候都重讀。播音員在介紹當天隊伍的時候，兩隊的三振出局數是相同的，這時的サ並不重讀，也就是「三振」這句話，並沒有規定要怎麼讀。

在英語裏，哪個地方要重讀是固定的。並不因為對方生氣憤慨而改變。表示「抽象性」意義時，**abstract** 前邊都要重讀。即一般單語的第一拍重讀，英語的重音是固定的。與此相反，日語是哪裏須讀高，其位置是有規定的，是有這樣的區別。

歌曲的節奏和旋律

音調的不同在作曲時表現得非常地明顯，如「野玫瑰」（參照56頁）這首歌，歌德作詞，舒伯特和魏納兩個人分別作曲。看這個即可知道「**Sah**ein **Knab** ein Roslein ……」中的ザア音是在一個小節的最前面，魏納也是同樣把ザア音放在一個小節的最前邊。クナープー一詞兩曲都放在第三拍，レースライン的レース兩曲同樣地放在第二小節的開頭。在樂譜中一節中最強的是最初的第一拍，其次是第三拍。這裏就規定了語言中高音調部分所必要的位置。

假使，在外國的曲子，第一拍是弱發音的歌詞在歌曲中會變得如何呢？「菩提樹」的詞就是如此的「Am **Brun**nen vor dem **To**re」中的開頭的 Am 是弱的。Brunen 的 Brun 是強的，這麼一來把 Am 向前推一小節，從 Brunnen 開始為這小節中的第一小節。日本人對此所以不敏感，是因為在日語裏沒有必要有強弱的緣故。

譜例「野玫瑰」

譜例「菩提樹」

在野口雨情作詞中有「寒號鳥」（參照 57 頁）的曲子歌的第一行是：「山でかっこかっこかっこ鳥啼いた。」這首詞由中山晉平先生和山田耕筰先生兩個人分別作曲。中山的曲子把「山で」中的や音放在第一節的第一拍，即放在強處，山田耕筰先生則休止一拍之後才是「山でかっこかっこ」，把や放在弱的地方，這樣的事情在歐洲歐曲中是不可能有的。

然而，日語歌有歐洲歌裏沒有的情況。歐洲歌曲節奏最重要。日本歌曲旋律最重要。中山晉平的曲，和山田耕筰的曲，都是「ヤマデ」中的マ最高，其次カッコカッコ從カ往コ下降。這完全是日語的音調。「山で」是ヤマデ，「かっこかっこ」是カッコカッコ，說カッコカッコ也可以，カッコドリ中，コ處是這個詞的高處。所以儘管作曲家不同，但是，整個旋律大致是相同的。這種情況在歐洲歌曲中是看不到的。

譜例「寒號鳥」

旋律的定法

假使配曲方法有一點不對的話，有時候就聽不懂了。比如以前曾有一首「川は流れる」的歌謠，作曲是櫻田誠一先生。中間有一句是「町の谷，川は流れる。」（鄉鎮中的溪谷，川流不息）。我聽了這部分把它解釋爲：「町の田に川が流れる。」（河川的水流在鎮上的田地上。）爲什麼會把它解釋成這樣呢？就是音調不一樣。マチノタニ時是「町の谷」（鄉鎮上的溪谷）的意思，而マチノタニ則成了「町の田に」（鄉鎮上的田地）之意了。

前面例舉了「垣に赤い花咲く」中的「垣に」如讀爲カキニ時是歌詞的原意，讀成カキニ就是柿子的意思。因此，本有良心的作曲家們都是注意歌詞的音調而配旋律。

山田耕筰先生曾給北原白秋的詩「曼珠沙華」作曲。其中有句歌詞是「ゴンシャン・ゴンシャン何本か」，所謂的ゴンシャン是小姐的意思，全句是問小姐有幾枝石蒜花。在下句是「地には七本血のように」其中「地」和「血」都發音爲チ，但音調不一樣。曲子是「チニ」處的「チ」高，「チの」處チ低。所以也有的作曲家是根據歌詞的不同而把第一和第二旋律改變。

譜例「曼珠沙華」

譜例「孩子王」

「お山の大将」（孩子王）是西條八十先生作詞、本居長世先生作曲，從前廣為流傳的童謠。這是本居先生最先進行試驗的作品而有名。歌詞開頭是「お山の大将オレ一人，あとから來るもの突き落とせ。」而第二首是：「お山大将月ひとつ，あとから來るもの夜ばかり。」音調是「ツキオトセ、ヨルバカリ」，為此把曲調改變如上譜。這樣的費心思，歐洲音樂家恐怕是想像不到的。

亞洲各國的重音

由此看來，日語的音調是高低音調。那麼，是否因此就可以說日語的高低音調就是日語音調的特色了呢？要說只有這些就可以了，要是只有這些還不夠充分。因為世界上具有高低音調的語言，除了日語之外還有許多，倒不如說，具有強弱音調的語言的是屬於

少數的。

中國語等也是具有高低調的語言，但和日語大不相同。中國語比日語的同音詞還要多。「イー」音調，平調讀如數詞「一」，尾高讀如動詞「疑」先降後升讀爲「以」，從高向低讀就成了「意義」的「意」。容易混淆的「リー」是三種水果。即：梨（リー）、李（リー）、栗（リー）。到水果店去簡單地說（リー）。不知道服務生會給你什麼？這和日語的「カキ」柿子和牡蠣，就有過之而無不及了。

泰語更加複雜。有高音、低音和中音三段的區別。把マア這個相同音按高的平調發音是「馬」的意思，稍低點是「來」的意思，最低是「浸泡」的意思。如從低到高發音マア是「狗」的意思，從高到低發音マア是形容詞「美」的意思。因此如說「マアマアマア」日本人聽了可能認爲是不是吃驚了呢。據說這正好是個完整的句子，意思是「美麗的馬跑來」。

京都、大阪的重音

儘管我在前面所說的「日語的音調」這實際上是指東京話的音調，日語的音調因地方不同而有很大的不同。

東京話和京阪話的音調對照表

東 京	京都・大阪	例
高（低）型 ———————————	低（**高**）型	「手」「火」…
低（**高**）型 ———————	**高**（低）型 **高**（**高**）型	「葉」「日」… 「蚊」「戶」…
高低（低）型 ———————	低低（**高**）型 低**高**（低）型	「肩」「箸」… 「雨」「春」…
低**高**（低）型 ———————	**高**低（低）型	「橋」「花」…
低**高**（**高**）型 ———————	**高高**（**高**）型	「竹」「鳥」…

　　京都‧大阪的音調和東京的音調正相反，比如「手が」和「火が」，東京是テガ，ヒガ，京都是「テガ、ヒガ」；而「日が」和「火が」則正相反，東京是「ヒガ」，京都是「ヒガ」。「碑が」東京音調和「日が」讀法相同，但京都應爲「ヒガ」。

　　二個音節語「雨が」，「朝が」，京都、大阪是「アメガ」、「アサガ」；東京是「アメガ」、「アサガ」上揚下降正好相反。東京說「ハシガ」是指「橋」，如果說「ハシガ流れている」的話，意思是「筷子在流著」，則沒有什麼大不了的事。但是京都、大阪人聽了，可就不得了啦，因爲那是：「橋被水沖走了」。

　　要想知道全國音調的不同，有平山輝男先生和很多人調查後繪製的地圖可做爲參考。也並不是東西是對立的，京都、大阪式的音調擴展到四國地區，延伸到北陸地區方面再往西到廣島和山口，那裏的音調反倒和東京附近的完全相同的。

　　這個，拿童謠來比較一下，就有不同了。東京人說「ひーらいたひーらいた，れんげのはーながひーらいた」、愛知縣附近的發音大體與此相同、跨過木曾川到三重縣就變了「ひーらいたひーらいた，れんげのはーながひーらいた」，就是京都‧大阪式的音調。

其他方言的重音

　　儘管音調上有東京式、京都‧大阪式，還有和這兩種完全不同的音調。有的地方音調完全沒有區別，如「鎌」和「釜」，沒有區別「箸」和「橋」根本也沒有區別，使用這種音調的地方是：東京附近的茨城縣一帶、栃木縣一直到宮城縣一帶；九州是從佐賀縣、熊本縣一直到宮崎縣。

　　我年輕時，曾經去茨城縣做過調查「ひらいたひらいた……」如何的唱法。這地方無音調高低的區別，雖然歌詞不同，但是旋律調還是一樣的。要是東京的話，比如「何の花が」和「れんげの花

が」依據詞的音調旋律就有所不同。但是，要是在茨城縣「ひーらいたひーらいた、なんのはーながひーらいた、れんげのはーながひーらいた」用同一音節來唱，這眞是有趣，在茨城縣曲調無任何變化，我一開始去時並不知道這裏沒有音調變化，一邊調查，一邊想，果眞所有的話全都一樣平調嗎？正當猶疑不決的時候，學了這首歌，整個歌詞都是平調，這才察覺到這裏的確沒有音調的高低變化是眞的。

還有一些地區和東京式、京都式都不相同，有著地域性的發音特點。具有代表性的是從長崎到鹿兒島這一地帶，鹿兒島的人盛行提高短句的末尾部分，如說「花開了」，其音調是「ハナガセタ」（花が咲いた）〔。但也不是全部都讀成「はなが」，如說鼻子的時候，「ハナガタカカ」（鼻が高い），也就是總要提高某個音節，可是這些音調和東京式或京都、大阪式的音調都不一致。

日語的重音特色

上面談了關於各個地方的音調。日語的音調雖然因地區不同而有所不同，但和外國語的高低音調相比，還是可以找出日語音調的共通的性格。第一，日語的音調比較單純，不像泰國語那樣的有三階式音調根據語言也有四階式的，日語只分高和低的二階式。中國語雖然也是二階式的，但前面所例舉的「疑」時，「イイ」尾高，「意」時「イイ」頭高，在一拍之中有升調或降調。日語的東京語沒有這種特色。日語只有高平調或低平調，這是日語音調的一個特色。換言之，日語由音調來看，整體都是單純的，這剛好和日語的標準的拍相同，全是由元音輔音相組合的，是很簡單的。這點可以說是很相似的。

東京話和大阪話三拍詞音調一覽表

東京語	例	大阪語	例
高低低（低）型	「野原」	**高低低**（低）型	「心」
低高低（低）型	「心」	**高高低**（低）型	「頭」
低高高（低）型	「頭」	**高高高**（高）型	「桜」
低高高（高）型	「桜」	**低高低**（低）型	「野原」
		低低低（高）型	「雀」
		低低高（低）型	「マッチ」

　　然後，還有一個日語音調的性格是這樣的，如上表，是三拍語詞型的種類。東京話和大阪話的比較，大阪話サクラ（桜）是高平調，東京話裏是沒有高平調的。大阪話アタマ（頭），前兩拍高，東京話裏也沒有這種調。大阪話的ココロ（心），的第一拍高，東京也有這種調；カブト（兜）的音調也是如此。東京話サクラ是後兩拍高。這種調大阪是沒有。大阪話カブト和東京話的ココロ是一致的；大阪話中的スズメガ只有最後一拍高，東京話裏是沒有這種調的。終究大阪音調的類型多，在這點的確可以說大阪的音調是比較發達的。

　　東京的重音有三種類型，就是「高低低」、「低高高」、「低高低」從這個來看的話，最初開始高其後就低，一次降低了就不會再高了！；最初開始低以後一定是高；其次是降低不降低都可以。這就是東京音調的規則。

　　為什麼會有這樣的性質呢？有坂秀世博士考慮過這個問題，結果，他認為東京的重音標明了單語的起始，「カブトガ」中的ブ以下音調降低，就可明白カ是起始的，「サクラガ」中的ク以後音調開始高，也說明是從サ開始的。大阪話都是平板的，不知道話要在什麼地方斷，從什麼地方起的。如「庭の桜が散ってしまう」，讀為「ニワノサクラガチッテシマウ」都是平的。東京話就不同了，

應讀爲「ニワノサクラガチッテシマウ」斷句的地方都是音最低的
地方。因而語詞的起始非常地清楚。東京話的重音對區別「箸」和
「橋」，「雨」和「飴」是有用的。但更爲重要的是能表示語詞的
開始。在這一點上它也起到了強弱重音所起的作用。

向強弱重音發展

英語的重音像剛才講過的有 abstract，abstract 的區別。這種區
別，並沒有什麼重要意義。即使把「抽象する」弄錯了成「抽象的
な」也不會產生什麼問題。那麼爲什麼會有這樣的重音規則呢？在
英語裏每個單語必有一處音強，由此表示出一個單語的整體。日語
的東京話開頭低以後就高、開頭高以後就低，表示出語詞的開始。
這可以說是東京重音所起的作用，向強弱性質的重音作用接近了一
步。

歐洲的語言也是，據說古希臘語、拉丁語是有高低重音，後來
才演變成現在的英語、德語這樣的強弱重音。日語的重音，把高的
部分逐漸重讀起來，說不定將來也會變爲強弱重音。

III. 日語的表記

1. 文字的區別使用

日本文字的複雜性

從文字面來看日語，其最大的特色是，日語是使用種種文字的語言。

調布市柴崎二—13—3 つつじが丘ハイム A 206。

這是我所服務的地方，有位有點漂亮的同事的地址，看這個地址中，「調布市柴崎」這幾個字都是漢字；「二」是漢字中的數字；「13 和 3」是阿拉伯數字；「つつじが丘」是平假名和漢字；「ハイム」是片假名；「A 206」連羅馬字都使用著。多種文字混在一起使用，對日本人來說或許並沒有什麼，只是使用了極平常的文字而已。然而，在地球上這樣混合使用如此複雜的文字，其它的國家是沒有的。

在小學的音樂教科書中出現了一首歌，叫「山びこごっこ」（回音遊戲）的歌。首先這個標題就是漢字和平假名混用。歌詞「ヤッホー，ヨホホホホ」是片假名以為只有假名和漢字。可是在，樂譜是♩＝ 112 和阿拉伯數字出現，下邊還有 mf（メゾフォルテ）使用羅馬字，小學二年級的學生就接觸這麼多的各種文字，我想這在世界上也是沒有的。

表音文字和表意文字

世界上的文字可分為表音文字和表意文字兩種；所謂的表音文字，即只標示文字的發音。比如，假名等就是代表的表音文字。

「キ」這個文字只表示發音，只要單語裏含有キ音的都可以寫「キ」，不論是「キジ」（雉雞），還是「キイロ」（黃色）都有ki音，所以都可以寫成「キ」。

與此相對應的是表意文字，所謂的表意文字，就是在表示該字的發音的同時也表示意義，漢字就是其代表。比如「木」這個文字除表示發音爲「キ」同時也表示是「草木」的「木」。所以「雉」發音是「キジ」，雖含有「キ」音，但不能寫成「木」，更不能寫成「木地」，如寫成「木地」，意思就變爲「木の地」（木紋或木材原色）；把「黃色」寫成「木色」就成了「木の色」（樹木的顏色）的意思了。所以漢字是不允許互換的，也就是說漢字是一種不僅表示發音而且也同時表示意義的特殊文字。

世界上的文字大多是表音文字。像假名、羅馬字母、韓國文字以及古希臘的文字等等，它們只表示發音而已。此外，印度的文字和阿拉伯的文字也是表音文字。

漢字是除了表示發音同時也表示意思的文字，是非常珍貴的文字。除漢字外，勉強地說阿拉伯數字——1、2、3……也算表意文字。1除了讀音爲「イチ」外，也表示數字1。如果把「1」放置在任何發音「イチ」的位置上就不成了，不能寫成「横浜は東京の南に1する」（原意：橫濱位於東京南邊）。「1」雖然發音爲「イチ」和「位置」的發音一樣，但不能表示「位置」的意思。因爲是表意文字的關係。前幾天，我收到了寄給我的寫著「金田1」這樣的信，感到很奇怪。因爲「1」是表意文字，所以不能亂用。阿拉伯數字只是表示數字而已也是表意文字中特殊的。

表意文字的各式各樣

在古時候除了漢字以外，還有其他表意文字，代表的是埃及的文字，如同畫一般是非常有趣的文字。最上邊的據說是「口」；下一個字是眼裏掛著什麼的，據說是「淚」；最下邊的左側是割巴比

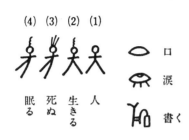

(4) (3) (2) (1)

眠　死　生　人
る　ぬ　き
　　　　る

口　　涙　　書く

埃及文字(右)
和毛蘇文字(左)

魯斯草，右邊是墨水瓶，據說這個是動詞的「寫」，這正是表意文字。

現在這類文字是否完全沒有了嗎？最近我讀了京都大學語言教授西田龍雄的『活著的象形文字』（中公新書）一書。書中說明了中國雲南省現在仍在使用著的毛蘇文字，這些是極有趣的文字。例如：（1）是人，有著人的形狀；（2）在人頭上畫了一條呼吸線，表示活著，這是「生存」的意思；（4）畫著有呼吸的記號，但又是躺著的樣子，這表示「睡覺」；表示「死」的時候是頭上有表示靈魂的三根長髮，就像圖（3）的樣子。這種文字是難得的。

很遺憾的，這種文字，只是宗教關係的人使用著，在社會上好像沒有廣泛採用。在表意文字中，現在使用最廣的只有漢字而已。表音文字和表意文字並用的除日本之外，還有南韓。這是非常珍貴的事。

對於同一詞的不同表記

在日本使用著的文字假名、漢字、還有阿拉伯數字、羅馬字。把這些不同種類的文化混用，是只限日語才有的特殊現象。相同的一句話，可以用種種文字來寫的習慣。

例如：「下雨」就可寫成「アメガフル」、「あめがふる」、「雨が降る」、「雨がふる」、「アメが降る」。這其中第三種寫法是最標準的，其他寫法雖不標準，但也不能說是錯的。在英語裏可就沒有這種特性，在英語裏除一個正確的寫法形式，就是「It rains.」即使想變換一下，只能全部大寫「IT RAINS.」就再沒有其他方法了，在日本像前所敘述的那樣相同的一句話，可以用很多種

不同的文字來寫。

夏目漱石的『少爺』的一書中出現了這樣的寫法「その上で半日相撲をとり続けに取ったら……」トル這個字最初用平假名，後面用漢字、「靴足袋をもらった。鉛筆も貰った」モラウ的地方有時用平假名，有時用漢字、「然し清がなるなる、と云ふものだから、矢っ張り何かに成れるだろうと思って居た」。在ナル的地方用平假名和漢字兩種都使用，我們不明白漱石先生爲什麼這樣區分使用，是故意把同一個單語按不同寫法寫出。這也很可能是他本人的一種消遣吧。

三木露風有名的童謠『赤蜻蛉』（紅蜻蜓），在岩波文庫的『日本童謠集』裏標題是寫漢字『赤蜻蜓』，中間歌詞寫成平假名——「夕焼小焼のあかとんぼ」，最後一段則是用漢字和平假名「夕やけ小やけの赤とんぼ」。如果要問三木先生爲什麼要這樣區別寫呢？三木先生或會說這只不過是隨便用不同的寫法寫寫罷了。

這種習慣，其實在日本自古以來就有。在五色紙上寫短歌的人，經常把「花」這個字出現兩次時，第一次用漢字寫，第二次必須用平假名寫，或者都使用平假名的話，第一次的「は」按平常的寫法寫，第二次則用變體假名。如果是固有名詞之類就有時就很傷腦筋，最後終於弄錯。例如：相樸的力士的名字。「若乃花」、「貴ノ花」、「隆の里」三個人都是二子山部屋的門徒，但「ノ」這個字全都不同。如果寫錯了，恐怕本人是不會高興的，所以這裏必須要注意的寫。

前些天，我去了神田的「お茶の水」這個地方，同樣是叫做オチャノミズ的地名，但寫法就大不相同。國營鐵路車站名是「御茶ノ水」；地下鐵的站名是「御茶の水」，其次是架在神田川上的「お茶の水」橋一看，橋這頭寫的是「お茶の水」，而另一頭則全是平假名「おちゃのみず」。這種情況在其他國家是一點兒不會有的。

技巧的併用各種文字

　　有的人能有效地運用文字使用上的區別這一特點。例如：『山のあなた』（山那邊）這首詩。原作是卡爾・佈謝，由上田敏譯成日文，是有名的譯作。其中「山のあなたの空遠く‘幸’住むと人のいう」（山那邊的遠方，有人說是多福多壽）這句中的「ヒト」是用漢字寫的；可是下一句「噫，われひとと尋めゆきて」（啊，去尋找我的意中人），句中「ヒト」用平假名；最後一句「涙さしぐみかへりきぬ，山のあなたになほ遠く‘幸’住むと人のいう」（含淚歸來，有人說是多福多壽，仍在遠方的遠方）中又用的是漢字。爲什麼這樣區別寫呢？也就是「‘幸’住むと人のいう」的「人」是指社會上的一般的大眾的意思。下一句「噫，われひとと尋めゆきて」的「ひと」是指和自己志同道合的人，朋友或者是情人也說不定。這裏的「ひと」和前邊的「人」不同。爲了有所區別，故寫成平假名。最後的「‘幸’住むと人のいう」第一個「ヒト」意義相同，所以也用漢字來表示。聽起來也許是完全不懂，但當看到文字的時候，就可領會其巧妙，我想這是有趣的事情。

志賀直哉的苦心

　　以前我有過這樣的經驗。我在大學時代，當時谷崎潤一郎的『文章讀本』像可蘭經一樣，有著極大的魅力，是有志爲文的人們必讀之書。書中谷崎先生對志賀直哉的『城の崎にて』（在城崎）的作品無上的稱贊。『在城崎』是敘述有一位患了神經衰弱症的人想自殺，到城崎溫泉去，在那裏看到了老鼠、蜜蜂和壁虎臨死前的情景之後，就不再想死了的故事。據谷崎說，這是一篇短篇小說的樣本，文中一個多餘的字也沒有。

　　文中有一段是這樣寫的。在二樓上，看見一隻蜜蜂正在下面房間的瓦房間的屋頂作巢，以下是描寫蜜蜂向外飛出的情形。作者寫

著：「直ぐ細長い羽根を両方へしっかりと張って（ハチが）ぶーんと飛び立つ。」（蜜蜂有力地展開左右兩隻細長的翅膀，嗡的一聲起飛了）。谷崎先生說，這個地方蜜蜂飛的聲音必須用「ぶーん」來表示。只有這樣才能表現出以一種低而有力的音響的起飛情景。我在大學時代，讀到這裏並未感到有什麼，認為這與片假名ブーン沒有什麼不同。當『文章讀本』指出之後，意識到自己的淺薄，曾一度喪失了致力文學的信心。現在想來，「ぶ」有蜜蜂粗壯之感，「ーん」是指直飛。漢字、平假名、片假名的區別使用，對於精心於文字的各種不同表現的人來說，實在是非常方便的。

在現代的日本，除假名、漢字之外，還有阿拉伯數字、羅馬字傳入了。如 DDT 和 kiosk，X 光線和 Y 襯衫等還可領會，至於 OX 主義，據說即是馬克思主義，就晦澀難懂了。到偏僻胡同的西餐館裏一看，牆上寫的菜名是ハム x，這要讀成ハムエッグス（火腿蛋）；到慶應大學去，到處可見「庆应」大學的字樣。的確，這種方法是簡單的。

文字並用的優點

在日本，各種文字並用，這點的確有它的優點。見到文字的時候，很快就可理解其內容。但你在倫敦一帶去鑽進書店裏，在那裏要找到自己想要的一本書是會很辛苦的。用羅馬字寫著「The story of Language.」，字體又小。雖然也有寫得很大的，但不歪著頭想想看，是讀不出的。所以想要找一本自己想要的書，怎麼也找不到。正當在東張西望的時候，店員走過來說：「我能為您服務嗎？」就更覺得麻煩了。可是在日本的書店裏找書是很方便的，因為日本的漢字和假名區別使用，很容易就可找到，真是值得慶幸的。

本書開頭稍微敘述了，要是習慣了用日本的文字所寫的文章的話，讀起來實在很容易。加藤周一先生曾寫了，日本書能速讀，也就是打開一頁找漢字讀就可以了。只要記住出現的很多漢字，快讀

起來就能理解大概的意思。柳田國男先生也曾這樣地說過。

　　日語的各種文字能並用，實有其方便之處，漢字和假名大體可以自然斷句，不必分著寫。比如：「七色の谷を越えて流れてゆく風のリボン」這首詩的情形，要是只用平假名的話，則不得不按意義留出空白「なないろの、たにをこえて、ながれてゆく……」，要是用羅馬字就要寫得更加詳細，否則很難懂。

　　有人說，日語裏句逗點、括號等記號不發達。我認爲，日語不用句逗點也可以。也就是，由於把漢字、平假名組合並用，斷句是平假名其次是漢字的到來這是相當明顯，一目了然。

　　在這裏稍微說一下片假名的優點。由於有片假名，日本人很容易弄清哪些詞是外來語，而且在沒有立即弄懂該詞詞義時能繼續往下讀。中國全部都是漢字，外來語所有的都用漢字寫。把「チョコレート」寫成「巧克力」，把「バス」寫成「巴士」，把「タクシー」寫成「計程車」或「的士」，這個「士」，那個「士」，有如士兵的軍銜。ケネディ寫成「肯奈迪」，マルクス寫成「馬克思」，一切都用漢字標音，所以是很難的。

文字並用的缺點

　　要是有好的一面，必定會有壞的一面。壞的是用日語寫的文章印刷是非常麻煩的。在歐美，只要有放在桌子上的鉛字盒就可以排出任何文章。這在日本就不能那樣。以前日本的一個小的印刷所的房間裏，三面牆旁都得擺滿鉛字，漢字必要有五千多種。現在把鉛字架並排十層。雖然變簡單了，無論如何不能坐著排字。古時候鉛字全都靠牆放著，有「撿字排字須走一里」的說法，也就是要排文章，僅從鉛字盒撿漢字就要費很多時間，此外還要反覆地進行排字。在歐美只排字，不撿字就行。

　　此外，在日本把一次使用過的鉛字再放回原處的作業。日本的

印刷實在太麻煩了。在歐洲美國打字比寫還快。日本則辦不到，這是由於日語的文字難以區分就是其原因。

2. 漢字的性格

漢字的珍奇

我們日本人對於漢字是習慣了。但是在歐美人的眼裏卻把漢字看成是新奇的，甚至會認爲是一種充滿神秘色彩的符咒文字。

這是出現在『週刊朝日』的漢字。歐美人把「東」字看成是交響樂團的譜架；把「合」看成是佈告牌後面有座富士山；「映」字是看成有人正向爐子裏用鑊子加入煤或什麼。這眞是高明啊！

現在在世界上用漢字的只有日本、中國、韓國三國而已。以前越南也使用漢字，現在不用了。

漢字的表意性

漢字的第一個重要的性質就是表意性。和其它的文字不同，表示發音同時也表示意思。假名、羅馬字只有表示發音，漢字就和假名、羅馬字大不相同，由於漢字也表示意思，所以能給人留下深刻的印象。譬如：在街上走著，看到在裝著硫酸或什麼的卡車上寫個「危」這個漢字，稍看一下馬上會感到危險。如寫成平假名「あぶない」，或者羅馬字abunai是不會像「危」字那樣留下危險的印象的。據說作家的三島由紀夫很討厭螃蟹，到餐廳去看到飯桌上放了螃蟹，就躊躇了，

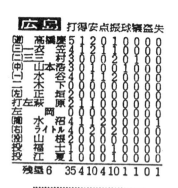

棒球記分表

臉色大變，即使看見「蟹」這個字也起雞皮疙瘩。這恐怕是用漢字寫的關係。如果是用平假名的話，就不會有那種反應吧！漢字就是擁有那樣奇特的效果和力量。

第二，漢字由於為了表示意思，所以動不動就犧牲其讀法，有時更加深了漢字讀法的難度。比如：「脆弱」正確讀法是「ゼイジャク」，不注意就讀成「キジャク」，「矜持」是自豪驕傲之意，正確讀法是「キョウジ」可是現在讀成「キソジ」的人是多了起來，好像也不算錯了，併收入了辭典；「消耗」，現在只能讀為ショウモウ，本來應該為「ショウコウ」，「欺瞞」、「慘敗」這兩個詞，我在中學時用的舊字典『字淵』中是「キマン」、「サンパイ」，而現在「欺」讀為「ギ」，「慘」讀為「ザン」。由於漢字是表意的，所以就難免出現了難讀的漢字。

第三，由於漢字是表示意思的，有時即使不會讀，但也能起到它的實際作用的效果，並且也可以簡化寫法。代表的是報紙上的棒球比賽。廣島、近鉄是隊伍的名稱右邊都寫著「打」、「得」、「安」、「點」、「振」、「球」幾個字，下邊寫著35、4、10等數字。這些漢字到底是怎麼唸呢？是讀做トク、アン……就好了嗎？還是應把「安」這個字是讀做ヒット嗎？（安全打，成功之意）我也不清楚。但意思是明白的。「打」是打數的意思，其次是「得」是「得分」的意思，「安」是成功之

意，「點」是打得的分數。以下是三振（三擊）、四球（四球）的意思。這就是漢字的力量。

有效的利用漢字這一性質的可以說是報紙上的求人廣告。例如：「事務經理多少。高卒、年 32 迄」 — 這是招募辦事員的廣告，是多少有一些經營能力，高中畢業、年紀不超過 32 歲的人；其次是「固給 15 萬」——固定工資是 15 萬圓；「隔土休」隔周星期六休息；「歷持」——要求來時帶履歷表，「細面」——並不是要鵝蛋臉（長臉）的人，而是「詳細面談」之意。只有漢字才能把廣告寫得這麼簡單，假名和羅馬字是做不到的。

由於漢字具有那樣的性格，在新的語詞，出現時因爲用漢字寫著，所以馬上就能弄懂其含義。比如：「失語症」這個詞，英語是aphasis。據加藤弘樹先生說，aphasis一詞是從希臘語來的，對於英國人的中學生，要是不說明的話，是不會懂這個字的意思的。「a」——是「缺少什麼」的意思，「phas」是「說話」的意思，「is」是表示接尾語的名詞，知道希臘語的人就瞭解。中學畢業程度是不能認識這個詞的，可是要寫成漢字「失語症」人們就會知道這是「喪失說話能力的病」，即使是小學生都明白的。如用假名和羅馬來寫，日本人也不會懂。看來這是漢字的優點。

経理
事務経理多少高
卒年32迄・固給15
万昇給年1賞与年
2隔土休歴持細面
東西線門前仲町観光産業KK(640)1144

◎水道配管工
見習
現場代人
免持優遇・社保完・歴持細面
港区高輪三・14㈱双山設備工業(047)2211

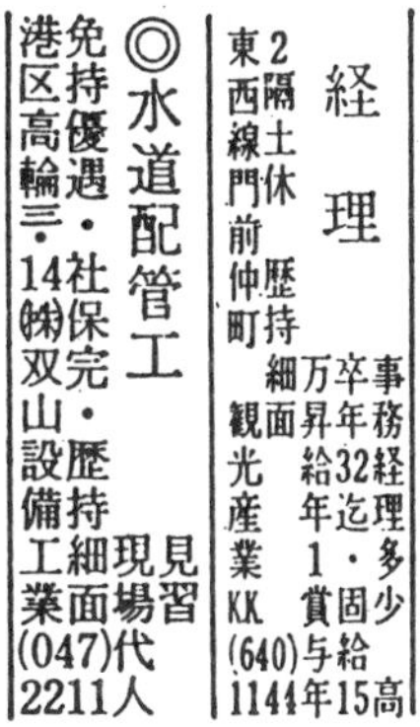

圖III - 4
求人廣告之一例

造新語的功能

由於漢字是表意文字，要是把漢字組合在一起的話就能創作出很多的新語。當然這些語用耳朵聽是一點兒聽不懂的，但從意義方面來看，一看就懂的長處。

圖IV—1 中帶「車」字的就會讓人看到有很多的複合詞，同樣

「会社」的「社」作爲「会社」（公司）的意思就能組合出很多詞，到公司去爲「出社」，離開公司爲「退社」，此外還有「入社」、「來社」、「帰社」、「在社」……如此這樣的情況英語是不會有的。也只有漢字才能造出像「本社」、「支社」、「貴社」、「当社、「弊社」、「自社」、「他社」等各種各樣的語詞。這也是假名和羅馬所不能辦到的。

不受時代、語言變遷都能理解的漢字

其次是漢字是表意文字，所以在對漢字的理解上是不受時代、方言和國語的限制的。譬如在中國，由於地區的不同，方言的差異也很大，天南地北居住的兩個人，說、聽互不相通，但如果寫出漢字，雖然發音不一樣，但意思是通的。即使是日本人也能懂得中國報紙的大意來看，上述情況是可置信的。

高昇劇急火戰伊兩
戰激線全北灣斯波
致被份部港蘭科擊砲遭場機丹巴阿

打開中國的報紙「人民日報」一看，這是一九八〇年九月二十九日的報紙。首先看到大標題最初的「兩」字，小標題裏有、伊朗（イラン）、伊拉克（イラク）字樣，顯而易見，「兩伊」是伊朗和伊拉克的總稱，大標題是說兩國在邊界線上開始戰爭，小標題是說伊拉克軍隊進攻了伊朗的最大石油基地、伊朗則又對伊拉克首都

和石油設施進行轟炸。假使有人用流利地中國語讀這段新聞給我聽，我也完全不懂。現在只要一看字就能懂，這就是要歸功於漢字。

韓國也使用漢字。前頁的相片是我去韓國時買的週刊雜誌，它的目錄是這個樣子，在韓國使用特別的朝鮮文字。字母的地方雖然不懂，但只要抓住漢字部分就能懂其大意，也能懂得，最重要的消息。其下方是某偉人去逝的消息，下下的一個是「廣島原爆ユ秘話」「ユ」相等於「の」如此這樣的就能理解，這也是漢字的力量。

大體上，我們也能讀中國的唐詩。

長安一片月　　　萬戶擣衣聲。
秋風吹不盡　　　總是玉關情。

這是李白的詩，距今也有一千多年的歷史了。看了第一句「長安一片月」，理解爲長安城上空掛著一輪明月。「萬戶擣衣聲」——家家戶戶婦女們爲了讓布帛光澤，放在砧上拍打之聲可聞「秋風吹不盡」——秋風一直在繼續地颳著。「總是玉關情」——所有的人都思念在邊塞玉門關的丈夫。這也就是因爲是漢字才容易懂的。表意文字就是有這樣偉大的地方。

漢字的神秘性

漢字除上述的表意性外，再進一步的還具有藝術性，進而給人以神秘的印象。譬如：書法藝術不僅字形優美，而且還能給人一種豐富的連想力。日本人常占卜姓名，非常注意自己名字的筆畫數多少的好壞，於是改名換字。讓人感覺這是來自漢字的神秘性吧！

有人對於別人要是弄錯自己的名字會非常的生氣。比如：芥川龍之介曾說，如果寫給他的信，把名字的「介」寫成「助」，他不打開信封就扔掉；福田恆存讀作「ツネアリ」，正確書寫必須是「恆」，如果寫成「恒」，則非常不高興，把他的名字讀成「コウソン」他毫不介意，如漢字寫錯了，可就大爲不敬了；德富蘆花的

姓要寫成「德富」，富上邊沒有點，如果加上了點，就是他哥哥德富蘇峰」；蘆花自己故意和哥哥區別開來。這也是漢字表意性所引起的吧！

漢字的多數性

以上所述的是漢字表意性直接導引出來的性質，現在再敘述間接產生的另一個重要的性質。

首先，第一個是漢字的多數性。也就是說一個一個的漢字都各有不同的意思。發音相同，意思不同，字形也就不同。這樣一來，漢字的數量就非常之多。諸橋轍次博士的『大漢和辭典』收集了約五萬漢字。日本的常用漢字也有一八五〇個，這些是假名數的四十倍，是羅馬字數字二十六字的七十倍。

最近，出現了不大使用的漢字，埼玉縣的「埼」字，岐阜縣的「阜」字等，除用在縣名外其他地方很少用。大阪的「阪」字，現有「阪急」、「阪神」……等使用著，原來這是很少使用的字。昭和的「昭」字現在人們都熟悉了，但當大正年號改成昭和的時候，一看到這個字時，人們都懷疑在日本是否有這個字時。如果是下邊有四點的「照」字，人們都熟悉，沒有四點總覺得是奇怪的字。

文字的新創作

有人自己創造新的漢字。比如『濹東綺談』是永井荷風的作品。據說這個「濹」字是近代的漢學家伊藤述齊把墨田川的「墨」字添上三點水，所新造成的。在名古屋，有家私營鐵路叫「名鉄」。戰前這個「鉄」字是金字旁加「矢」，並不是「失」這個字。現在寫成了「失」字。據說當時嫌「丟失」對金錢方面不吉利，才創造出了這個「鉄」字。

本來名古屋自古以來就有一個有趣的風習。我認識的名古屋人

中有一位叫「伊藤鐕夫」的。名古屋的人們迷信在庚年或者庚日生的人將來會變成小偷。所以爲了防止當小偷在名字上加上「金」字旁，這樣就可以了。我曾問過這個人「鐕」字是什麼意思，他說：「老師雖是國語學者，可是也不懂這個字吧。」我表示遺憾，說：「是第一次見到的字，不認識。」他又說：「那是理所當然的，因爲那是我父親創造的字。」問他「鐕夫」怎麼讀，他說因金錢豐富，讀「トミオ」。羅馬字和假名是想不出來的。

有字形相似的字

由於漢字數量很多，無論如何也會出現相似的字。比如ヨウ音的字就有兩個：一個是楊柳的「楊」，一個是抑揚的「揚」。一個是木字旁，一個是提手旁，外國人看了可能看不出不同在哪裏太相似了。祇園的「祇」和表示祭典的「祇」，侯爵的「侯」和氣候的「候」、咽喉的「喉」之間的差別都極微小，稍不留神，恐怕判斷哪個應是哪個就會猶豫不決。諸如此類的字，還有傳說的「傳」和表示護身符之意的「傅」、「鳴」和嗚呼「嗚」。最相似的是「冑」和「胄」。冑是甲冑的冑，鎧甲的音思；胄是華胄的胄，門第、血緣的意思。發音都是チュウ，區別就在下邊月裏的二橫，一個是和豎相連，一個不相連。

由於漢字很多，寫錯也就難免，必須注意分別清楚。在大學的入學考試時常在填寫項目中出現，是相當困難的。如「專モン」的モン這個字，是寫成「專門」還是寫「專問」呢？「門」是正確的。「細君」這個字（妻子）容易寫成「妻君」，但還是「細君」正確。夏目漱石的『咱是猫』中兩個詞通用。「寺子屋」（私塾）是正確的，但有時容易寫成「寺小屋」。像這樣的字就有很多。

固有名詞的漢字

固有名詞是特別的難。到京都去，同樣讀法的地名，「上賀

茂」（かみかも）和「下鴨」（しもかも），漢字就不同。到東京
去也有類似情況，如河川爲「多摩川」，墓地就寫作「多磨墓地」。
也許是因爲是墓地所以要用石頭，才寫成「磨」。「アベ」這個
姓，既可寫成「阿部」也可寫成「安倍」。「サカイ」是「酒井」、
「坂井」、「境」、「堺」等很多。

日本古典歌曲裏有一首「ウタザワ」。由於流派不同，字就有
所不同，有「歌沢」，和「哥沢」。古典音樂專家吉川英史先生曾
編制過「ウタザワ」唱片集，他想要把「ウタザワ」寫成漢字時就
很傷腦筋。如果使用這一流派的漢字，又怕另一流派出來斥責，苦
思冥想一番之後，終於把它寫成「うた沢」。

總而言之，漢字有各式各樣的種類，同一讀法的漢字種類繁
多，特別是固有名詞的漢字是很難的。所以漢字有必要加以限制。
第二次世界大戰結束後不久，文部省規定了一八五〇個常用漢字。
如果過多，就會給我們的語言生活和文字生活帶來不方便，所以這
是理所當然的措施。但在地名、人名方面還存在著創造新漢字這種
不好的現象。

譬如：到熊本縣天草島去有個「苓北」鎮，位於天草最北部，
以前叫富岡。我以爲叫富岡很好。但改成「苓北」啦。「苓」字原
意是甘草——甜的草之意。可能因爲是天草島的北部才命名爲苓
北。這是我所不希望的命名方式。

漢字的多筆畫性

最後，由於漢字的數量之多就必然導致出現多筆畫的漢字。爲
什麼會有筆畫多的字呢？要解答這個問題不談一下漢字的多筆畫性
是不行的。

羅馬字很多用一筆即可寫成，漢字則辦不到。現在必需寫的漢
字只有「常用漢字」眞是值得慶幸的。戰前中學生的聽寫實在太辛

苦了。如「穿サクする」的サク（鑿），「憂ウツな」的「ウツ」（鬱），「飯合炊サン」的サン（餐），「雜ノウ」的ノウ（囊），都是筆畫繁多而又難寫的文字。親鸞上人的「鸞」字是筆畫多的一個字。如用楷書簽名的話，或許上人本人也會討厭這個名字吧！

　　爲了防止筆畫多，日本有簡体字和草書體，中國也有簡体字，無論如何這些都是必要的。

　　所謂的草書是非常的方便的，如「樂」字上邊的複雜寫法可以簡化爲一個「楽」，常用的「事」、「州」等字都有非常容易的草書體。一旦記住的話，就會想用了。因其簡單易記，而且幾千個漢字都有草書體，所以古時候的人都拚命地記漢字草書體。人字旁、三點水旁、耳朵旁的草書體都可用一豎代替，寫起來很容易，但讀起來就很難了。

省略字和簡體字

　　其次，簡體字就是省略字。因爲厭煩筆畫過多所以就產生了簡體字。戰後的日本把省略字當成正字。所謂的新體字，「體」→「体」，「灣」→「湾」，「臺」→「台」，都是其例子。據說古時候的「春」字是草字頭，加上「屯」字，下邊再寫「日」字。「秋」字是曾寫成秌的。那些現在都變成了這樣的字了。對新體字雖然有人持批評態度，「春」和「秋」字剛出現時，也曾有過字形不美、沒有季節感等的責難。今天的簡體字，恐怕經過幾年後，人們也會感謝變成如此簡單的新字體。

　　中國的簡體字也毅然決然地和日本的簡體字以不同的方向而加以省略了。把「滅」→寫成「灭」，也就是火上邊加個蓋表示火息滅了的意思。「影響」的「響」中國寫成「响」，對我們來說難以理解。這是因爲「向」和「響」是同音。「飛」字寫成「飞」，這可能是象形。或許是讓人感覺到是蝴蝶飛的樣子。總之，因爲有必要，所以就成了這類簡體字。

3. 漢字的用法

漢字的讀法

　　所謂的漢字本來是中國的文字，用它來表示中國話就很自然了。在日本所有的漢語單語，原本是由中國傳來的，用漢字書寫也就十分貼切了。比如「愛」、「挨拶」、「哀願」、「惡夢」等等都原本就是中國語，所以用漢字寫也很自然。

　　因中國語傳入日本的時代不同，所以在日本也有隨著時代的不同，讀法也不同。這種不同的讀法就有點難了，例如「行」的這個字「修行」的「行」讀作ギョウ，「旅行」的「行」讀作コウ，「行燈」的「行」則讀アン。「修行」這個詞最古老，是日本的飛鳥時代以前傳入的語詞。與此相比，「旅行」在奈良朝以後，「行燈」是鎌倉時代以後傳入的。日本人把這三個詞中的「行」按不同的讀法去讀，這裏就產生了日本漢字區分讀法的問題了。

　　有時相同的語詞會發生讀法不同的讀法，「再建」既讀做サイケン又讀做サイコン。「再建」「西羅馬帝國再建」讀サイケン，重建廟宇時讀サイコン。還有「和尚」這個語詞，在禪宗、淨土宗裏讀オショウ，天台宗裏讀カショウ，鑒眞和尚的時候要讀ワジョウ。如此這種情況是進入日本後才發生的。「九郎判官」的「判官」必需要讀ホウガン，「小栗判官」的「判官」必需要讀做ハンガン。「大夫」有種讀法，一是ダイブ，二是タイフ，三是タユウ。在具體場合到底怎麼讀，也是國語學者頭痛的話題。

訓讀的特殊性

　　上面講的只是問題的開頭，下面還有更難的問題。日本人把漢字除按中國式的讀法外，還有日本式的讀法。日本人自古以來就把

表示單語日語意思的漢字，用日本語詞來標記，如「間」這個字原來的中國式讀法是ケン或カン，日本式的讀法是アイダ或マ。相手（アイテ）、合間（アイマ）、逢（ア）ウ……這樣的語詞都是用日語讀的漢字，這種讀法叫做訓讀。

這樣的用日語讀的漢字，一個字的就變成許多個音。比如「私」這個字讀成「ワタクシ」，是四拍，把一個字用四拍來讀，在世界上任何語言是沒有的；「承る」讀成「ウケタマワる」，是五拍；「糎」讀成「センチメートル」，是七拍。如此把一個字讀成這麼多拍的是只有日語才有的現象，世界上其他語言裏沒有的。韓國同樣的使用漢字，但是用來表示來自漢語的詞，固有的韓國語是不用漢字的。在日本把「春風」既讀做「ハルカゼ」又讀做「シュンプウ」。在韓國讀做「チュンフォン」，這是由中國的傳入韓國的讀法，「春」這個字，日本也讀「ハル」，這個日本語也可以用假名寫。在韓國把ハル讀成「ポム」這是用韓國字來寫是「봄」。韓國把漢字「春」讀成ポム的現象還是有的。

日語漢字的用法非常難，像這樣的語言在世界上也是沒有這一類的。如果一定要找類似情況的話，那末紀元前居住在小亞細亞的蘇美爾族人則是一例。他們有著光輝的文化，所使用的楔形文字是從阿卡德帝國借用的。如圖III—7上邊的字用蘇美爾語，讀作アン，是神的意思。阿卡德則把「神」稱為「イル」。同樣的文字就產生兩種讀法，既讀做「アン」，又讀做「イル」。下面的字是「馬」的意思，讀作「クル」或「シス」。以上是佐伯功介先生在『言語生活』（第 244 號）介紹的。結果，這和日語把漢字分為音讀和訓讀是相同的。除阿卡德語有類似日語的現象外，我不知道有其它的例子。

意思	蘇美爾語	阿卡德語
神	an	ilû
山	kur	syad'u
馬	kur	s'isû

圖 III - 7

讀法多的漢字

漢字原來是表示中國語的文字，有時也有不適合日語的地方。用漢字來表示日語，非常勉強。比如；相同的「苦」這個漢字在日語裏讀做「クルシイ」，或者讀做「ニガイ」；「重」這個字既讀成「オモイ」又讀做「カサネル」，中文用一個單語「苦」，或者「重」來表示，而在日語卻要分別用二個語詞來表示。

其極端的例子，如：「上」或「下」，讀法眞多。「上」讀成「ウエ、アガル、アゲル、ノボル、カミ」；「下」讀成「シタ、シモ、モト、サガル、サゲル、タダル、クダサル、オリル」等，比「上」的讀法還要多。總之，這些漢字，日語的意義比漢語的意義分得更詳細。

漢字讀法的複雜性

由於漢字的讀法很多，所以，就會出現有非常熟悉的漢字，卻不知其讀法的情形。「白魚」一般讀爲「シラウオ」，但也有讀做「シロウオ」。據說這是因爲魚的種類的不同。「シロウオ」是在西日本指一種五公分左右長的小魚。「神戶」一般讀爲「コウベ」，由於地區的不同也有讀做「カンベ」，但意義不一樣。「カンベ」是指カンベのナガキチ，是說故事裏常出現的流氓。在群馬縣也有把「神戶」讀成ゴウド。人名「美子」應讀爲ヨシコ，這樣的讀法是很平常的，但昭憲皇太后（明治天皇的皇后）的名字，就要讀「ハルコ」。音樂評論家小島美子讀成「トミコ」。三條實美的美，讀爲「トミ」。這樣一來，一個漢字的讀法就變難了。

一個漢字有中國式的音讀，有日本式的訓讀，又有許多更難的讀法。如「青物市場」讀爲「アオモノイチバ」，只差一個字的「青果市場」，則讀爲「セイカシジョウ」。「大鼓」和「太鼓」形式很相似，前者讀「オオツヅミ」，後者讀「タイコ」；但讀法

完全不同「富士山」誰都會讀做「フジサン」，但我去愛媛縣的大洲鎮的時候，看到了用同樣的字寫的山，讀フジサン則行不通的。在那裏要讀做「トミスヤマ」，也有時候用西洋語讀的，如「中飛」，下象棋的人讀「ナカビシャ」，音讀「チュウヒ」，是指把飛車落到將上的戰法。要是打棒球的人則讀爲「センターフライ」（接住高飛球）。

讀法相同的漢字

上面舉了中國的漢字在日語中的各種各樣的讀法，相反地也有讀法相同，但書寫不同的漢字。

主要的例子如「国を治める」、「身を修める」、「税金を納める」、「刀を鞘に収める」。在日語裏「オサメル」相同音的語詞，但是在中國是各各不同的單字，所以是漢字比較多的，要是是這樣的字，要區分它的寫法是很難的，ハカル這個字可以寫爲「計」、「量」、「測」、「謀」、「図」等有很多漢字。我們必需考慮要怎麼樣來區別使用呢？

不同的漢字用同一種讀法，一般在動詞裏最多。「ミル」這個字，是最簡單的漢字可用「見」來表示，只要寫一個字就夠了。如果寫法各有各的規定的話，那就太麻煩了。「ワク」在表示清水湧出時寫「湧」，表示水沸騰時寫「沸」，這倒是簡單的。即使是這樣的，但一不注意的話，就會弄錯。

用漢字表示日語時的苦心

前面所說在漢語裏有相當於日語單語的語詞，這種情形只要寫漢字就可以了。漢語裏沒有和日語相應單語的情況也是有。這時也沒有應該寫的漢字的情況時該怎麼辦呢？

日本人自古以來就非常尊重漢字。只要能用漢字寫的就想全都

用漢字。戰前想請假的時候，請假條是這樣寫的：

　　私儀六月七日風邪之爲欠席仕候間……（六月七日因感冒未能出席……）

　　這是一個假名也沒有的，「仕候」當然是「つかまつりさうらふ」或者，「仕り候ふ」也可使用假名，但覺得用漢字寫才算是正式的，所以把假名全都省略。

　　由此可見，在沒有和日語相對應的漢字時，日本人是費苦心地採取漢字的特殊之處作爲使用方法。

熟字訓

　　在找不到和日語相對應的漢字時，只有用三種方法來解決，其一就是採取「熟字訓」的辦法。寫「五月雨」讀做「サミダレ」，寫「時雨」讀做「シグレ」，「紅葉」讀做「モミジ」，「土產」讀做「ミヤゲ」。爲什麼會產生這樣讀呢？沒有和「シグレ」相對應的中國字，考慮它的意思，因爲是時常下雨，就寫做「時雨」，讀做「シグレ」；在農曆五月份下的雨，就寫做「五月雨」，讀做「サミダレ」。這裏決不是把「時」讀成「シグ」，「雨」讀成「レ」。

　　熟字訓中有非常難解釋的，如在東京的電話簿裏有這樣罕見的名字。「四月朔日」讀做「ワタヌキ」，一到農曆四月一日要脫棉衣之意。「栗花落」，讀做「ツイリ」，是一進入梅雨季節栗樹花飄落之意。「月見里」，讀做「ヤマナシ」，是指要是沒有山的話，可以清楚的看到故鄉之月的意思。

借訓和國字

　　第二種方法是把具有其他意義的漢字，硬是按其意思使用。如「サク」這個日本詞，寫漢字是「咲」，「咲」字在漢語裏是笑的

意思，在日語裏「サク」這個語詞是重要的語詞，很想找個字能對上開花之意的「サク」，於是就硬是採用了「咲」。「稼ぐ」，日語是拚命的勞動的意思，也是一個很重要的詞，需要找個漢字來表達。「稼」字原意是「成熟了的水稻」，因此就硬把它拿來表示カ「セグ」。「柏」字、「鮎」字，原來是表示其他植物，別的魚類的漢字，可是現在日本人硬是要它來代替「カシワ」和「アユ」。這種用法就叫「借訓」。

第三種方法，就是採用「國字」，也就是在日本創造的新漢字。「サカキ」這個語詞沒有相應的漢字，它是供神的樹的意思，所以就寫成「榊」。「シキミ」是獻佛的樹，就寫成「樒」。「トウゲ」是上山下山的地方，因此就寫成「峠」。

如此看來，瞭解國字或借訓或熟字訓等漢字所構成的日語單語，多是用在什麼樣的單語呢？就能理解日語詞彙特色的一種方法。一般的國字或借訓，是魚字旁和木字旁的字較多。這也說明日本是魚之國是樹之國。熟字訓除多用於魚名之外，有關海的語詞也不少。「海」字可讀ア、イ、ウ、エ、オ五個音。「海人」讀アマ，「海豚」讀イルカ，「海膽」讀ウニ，「海老」讀エビ，「海髮」讀オコ，就是其例。

總之，在日本牽強附會地給漢字定了各種各樣的讀法，所以自古以來就出現了很多智力測驗的題目。如「閑日月」讀做「カガミ」，因為「閑」是「長閑」（のどか）的「閑」；「日」是「春日」（かすが）的「日」；「月」是「五月雨」（さみだれ）的「月」。日日日這個相撲力士的名字應怎麼讀？第一個日讀「ヒ」；第二讀「一日」（ついたち）的「日」，讀做たち；最後一個是「日本」（やまと）的「日」讀做ヤマ。所以「日日日」要讀ヒタチヤマ。「日月」二字是姓，讀「タチモリ」，「日」是「一日」（ついたち）的「日」，讀タチ；「月」是「晦月」（ツゴモリ）的「月」讀モリ。某一周刊上寫有「網走逃走」字樣，據說這是演

員的名字，讀作アラン・ドロン。「網走」，網，讀做ア；走，讀做ラン；逃走，讀ドロン。的確那樣讀的話也是不無道理的。

漢字注假名問題

由於上面的種種情況，在日本就產生了世界上沒有類似的一種書寫法的習慣。即在難讀的漢字旁邊注上假名以示其讀法。就是所謂的「振仮名」或叫ルビ「盧畢」。戰前的報張和雜誌除一、二、三數字外，原則上都注上振假名。對於各位也是很熟悉的。

有時，詩・歌等用假名和普通漢字寫的容易被人誤解，或怕想像不出其優美的形象，就借用了平時不用的漢字。這樣一來，又怕讀不準確，所以就又注上振假名。歌曲『平城山』（北見志保子作詞）須要注上「ならやま」假名，第二部合唱的歌詞裏有「いにしえもつまに恋いつつ越えしとう」，這裏的「つま」用漢字的虛字「夫」注上假名「つま」。此外，「青春」注爲「はる」，「生命」注爲「いのち」，「戰友」注爲「とも」。像這樣的例子有很多。

戰後，原則上是廢除注振假名。取而代之的是決定不使用那些難讀的漢字。儘管如此，現在，在不得不使用難讀的漢字時，還是使用振假名。

送假名的問題

用漢字來寫日語，所產生的困難，還有一個，那就是中國語的動詞和形容詞無語尾變化，由於日語是有變化的，所以只用漢字有時就不能表達日語的意義。爲了使漢字能以表達日語的涵義，日本人就採用了漢字加假名的辦法。如：日語「来る」，中國語「ライ」「來」字這個形態，在日語的「来る」這個動詞可變化成「クル」或「コナイ」或「キタ」的語形變化一個詞用一部分漢字和一

部分假名來表示其變化，這樣編成的就是所謂的送仮名。

　　然而，最困難的是有一部分的詞不清楚從哪兒開始算詞尾。「着る」、「見る」的キ和ミ用漢字表示。「起きる」的「キ」似乎相當於きる的キ，但是文言文裏又有「起くる」，現在也有「起こす」的說法。由此看來，キ還是寫上去比較好。「上がる」有「上がらない」，「上がります」的變化，但あが不變。「上」好像可以念あが，但考慮到動詞的「上げる」的げ是相當於「アガル」的「ガ」，所以還是把「が」寫上去比較好。

　　古時候，沒有像現在這樣的使用送假名，所以有時候古時候的文章是很難讀的。比如芭蕉的有名俳句「風吹ぬ秋の日瓶に酒なさ日。」「吹ぬ」的讀法就不太清楚。「塚も動け我泣声は秋の風」句中的「わが泣き声」令人感到奇怪，應讀「わが泣く声は秋の風」。前面的則是「風吹かぬ」好呢？還是「風吹きぬ」好呢？穎原退藏先生把它讀作「風吹かぬ」，而幸田露伴先生則把它讀作「風吹きぬ」哪邊的讀法才好呢？眞是個難題。

　　戰後以來，有一種傾向是主張盡量使用送假名，認爲這樣可以少弄錯。如：「トリシマル」寫成「取り締まる」。這樣一來，「トリシマリ」則應寫爲「取り締まり」。可是公司裏的トリシマリ人（董事）則認爲這樣寫既不「緊湊」又難「管理」（シマリ有緊湊和管理的意思），還是希望寫成「取締」兩個漢字並列在一起。

　　現在有的人認爲政府不應硬性規定，還是像戰前那樣自由地使用「送假名」比較好。我認爲說沒有規定比較好的人是錯誤的吧，應該是既簡單又受到大多數人認同的規定才是眞正好的。

IV. 日語的語彙

1. 語彙的數量和體系

日語的語彙是多還是少

不論是日語、英語，還是其他什麼語也好，語言是由很多單語的聚合。把單語的聚合稱爲語彙。現在想從語彙方面看一看日語的特色。不過在這裏所談的都是一些基本的問題。

第一、由於語言有語彙多的語言和語彙少的語言。日語是語彙多的語言，還是語彙少的語言呢？對於這個有人認爲日語是語彙少的語言，這就是『文章讀本』的作者是谷崎潤一郎先生。

在『文章讀本』的書中有這麼一節：「本來我們的國語的缺點之一就是語言的數量太少這一點。如：不論是說陀螺旋轉還是水車轉動還是說地球圍繞太陽轉，我們用來表達「轉」的只有「まわる」或者「あぐる」……。」

然而現在的日語，除了和語（固有日本語）外，還有由中國傳來的漢語詞和從歐美傳來的洋語，可以用的語言有很多，都在使用著。如「家」這句話，漢語叫「家庭」，洋語叫「ホーム」。「知らせ」（通知）相對應的有「報道」，和「ニュース」。「誂え」（訂做）是和語（固有日本語），漢語是「注文」這個字，要用洋語的話，近來也說「オーダー」。把這些漢語和洋語都作爲日語的話，日語的語彙量就非常的多了。

有人研究：要掌握世界上的一種語言需要瞭解多少單語才好呢？下頁表是從岩淵悅太郎『現代日本語』書中引用來的。法語要是記住一千個單語，能聽懂 83.5 ％的會話。但是日語即使記得一

千單語會話只能聽懂 60 ％。從這樣的統計表看，學會日語要比英語、西班牙語多記很多單語。法語和英語、西班牙語大體相同，記五千個單語能聽懂 96 ％，而日語記住五百六十個單語，好不容易的能聽懂 50 ％，如要達到法語的能聽懂 96 ％的程度，日語就必須記住二萬二千個單語。

記多少單語才能說多少話

單　　語	法　語	日本語	英　　語	西班牙語
最初的 1000 語	83.5 ％	≒60 ％	80.5 ％	81.0 ％
第 2 個 1000 語	90.4 ％		86.6 ％	86.6 ％
第 3 個 1000 語	93.8 ％	≒75 ％	90.0 ％	89.5 ％
第 4 個 1000 語	94.7 ％		92.2 ％	91.3 ％
第 5 個 1000 語	96.0 ％		93.5 ％	92.5 ％
合　計 5000 語	96 ％		93.5 ％	92.5 ％

日本語的情形

％	50 ％	62 ％	73 ％	85 ％	89 ％	96 ％
語數	560 語	1200 語	2800 語	7200 語	9700 語	22000 語

以前賽殿斯迪卡先生曾對萩原朔太郎、北原白秋的短歌和詩裏常出現字典裏又找不到的單語，而感到不可思議。小說也有相類似的情況。川端康成的『伊豆的舞娘』雖然全是用簡單的單語寫的作品，可是像「旅馴れた」（習慣於旅行）、「風呂敷包み」（包袱）、「四十女」（半老婦人）、「退屈凌ぎ」（解悶）等都一個接一個的出現，雖然是一看就懂的單語，但這些日語在『廣辭苑』裏卻都沒有。

日語造詞的豐富性

　　日語的單語的數量非常的多。被稱作最大詞典的平凡社的大辭典共收日語單語 72 萬個。我以前曾編著中學生用的國語辭典也要收入 5 萬單語。編好後一看，「カムフラージュ」和「禿」（かむろ）並排在一起。「狩衣」（古時武家的便裝）這個古味很濃的單詞旁邊卻是饒舌的洋語「カリキュラム」（課程）。日語的語彙眞是豐富多彩。

　　爲什麼日語的單語會如此之多呢？比如以漢字「車」讀做シャ爲詞根，以這個做爲根基就可以造出很多語詞。像「発車」、「乘車」、「停車」、「空車」……把這個用英語來的話，就不能叫單語了。「発車」是 starting，但這個英文詞不只用於開車，「空車」是 an empty car；"對向車"（對面來的車）更長了是 a car on the opposit lane。就變得更長了。

　　不但漢語能造出很多詞，而且和語（日本詞）也能造出很多的新語彙。像「若葉」，「青葉」，「春雨」，「秋風」……就是其例。像「若葉」、「春雨」等詞發音變成「若葉」，わかは一わかば；「春雨」，はるあめ一はるさめ。不論怎麼看，這些語詞只能叫單語。但英語就不同了。若葉—young leaves，青葉→green leaves，春雨→spring rain 都變成兩個單語了。

未開化人的語彙多

　　因爲單語數量多，所以表達上就豐富。日本的文學家在這點上可以說是受到很大的恩惠。單語量的多少和該國的文化水準高低是有什麼關係呢？關於這一點歷來有兩種說法。

　　一種說法是，文化水準低的民族的語言，單語的數量應該是很少的。我在學校裏，學習語言學時，就聽說過有一種拉美印地安

語，它的單語的數量少，說話時必須用手勢，因此在黑暗的地方談話時看不見手勢，就不能充分地表達意思。按常識來講，這種說法自然是很有道理的。

但是，法國的人類文化學專家雷衛‧布留魯先生的『未開化社會的思維』──戰前出版的，現在已成為人類文化學的古典作品。該書報告說，未開化人的單語的數量有很多。南非的巴文達族對於各種的雨都各自有它們的名字。地理上的特徵也引起他們的注意，所以各種類的地形、各種類的石頭、岩石都有各自的名字。所有種類的樹、灌木、植物的種類也都有名字的。

其次是，戰後出版的『野生的思考』也是一本頗得好評的書。作者庫羅多‧雷衛‧史特羅斯在各個方面反對布留魯的觀點，只是不反對未開化的語言中單語多這一點。例如，居住在菲律賓的皮納特波族人，男人大多很容易的能說出植物的名稱 450 種，鳥類的名稱 75 種，幾乎所有的蛇、昆蟲、魚、哺乳類的名稱，還可以說出 20 種螞蟻名稱，食用的蘑菇的名稱 45 種。實在令人感到驚奇，在該書中又寫著，在菲律賓南部住著一個部族，其中的斯巴奴族語的植物的語彙超過一千個，哈奴諾族近二千個。由此可見，僅憑單語數量多或少這一點是不能簡單地斷定其文化水準的高低。

未開化人的語言特點

在這裏有必要回憶一下丹麥的語言學家葉司別魯憲說的話。他把未開化人的語言歸納出兩個特色。

（1）缺乏廣義的語詞。未開化人的語言狹義語詞的數量很多，但是總括這些狹義語詞的廣義語詞數量不足。如：他以澳大利亞南方塔斯曼尼亞島上的部族的語言為例，這個部族語言，各種類的橡膠樹都各有其名稱，但卻沒有表示「樹」這樣意思的單語。

還有，美洲印地安有一種確羅奇語。這種語言很特殊，表示

「洗自己」、「洗別人的臉」、「洗我的衣服」、「洗盤子」、
「洗孩子的身體」、「洗肉」都各有各自的單語。看來這個部族對
洗東西特別關心，但卻沒有概括這些全部動作的「洗」這個抽象的
單語。也就是說沒有總括性的廣義詞，這是在很多未開化人的語言
中所常見的。

　　日語的這一點怎麼樣呢？要是只限於和語（日本詞），古時候
廣義詞是缺乏的。比如，總括狐狸和狼的有「獸」，總括鳥鴉、麻
雀的有「鳥」。雖然有魚、蟲之類的詞，但卻沒有總括鳥、獸、
魚、蟲的動物這樣的單語。有「生きもの」（生物），但這是把植
物也包括進去的。「植物」這個詞怎麼樣？古時也沒有。有「草
木」，「草木」只能包括草和木，像磨菇或海藻這樣的詞就包括不
進去。

　　因此我們說日本裏廣義語詞很少，但「生きもの」的"もの"
這句語詞很有總括性，而且意義非常的廣泛。「こと」也是如此
的。「もの」可以用來指眼睛看得見有形狀、存在的東西；「こ
と」可以用來說抽象的、想像的所有的東西。具有很廣泛的意義。
和辻哲郎博士在『續日本精神史研究』的書中敘述著：因爲古時候
在日語裏就有的這兩個詞，所以可以說日語在思考哲學上的事物的
時候是非常有利的。

　　（2）缺乏抽象性的單語

　　葉司別魯憲舉出的未開化人的語言的特色，除表示總括性的意
義的語詞少外，另一個是表示抽象性意義的語詞少。關於這個，前
面談到的斯特勞斯的書中例舉由於語言的不同也有抽象性的說法舉
了幾個的例子。所以好像不能簡單地斷言。但以總的來看，未開化
人的語言裏的抽象的語詞的確是少的。

　　著名的『民族心理學』的書的作者溫特著的文章說，居住在非
洲南方的布修曼族人，語言裏抽象的說法極少。比如，布修曼人不

會表達「白人對我親切」的待遇，而只能具體表達爲「白人給他香煙，他把煙裝在口袋裏之後，吸了一根；白人給他肉，他吃了之後，覺得很幸福。」

在這點上日語怎麼樣呢？現在日語裏的抽象表現有很多，但是，古時候的和語（固有日本語）也是很少的，但並不是全部沒有。比如有「こと」、「とき」、「まこと」、「みさを」等抽象性的語詞的確是有的，但不能不說全體來看是少的。

之後，日本語裏產生了抽象的表現，是由於中國的漢語的傳入，比如「運」、「勘」、「根」，或「現在」、「過去」、「未來」等都是佛教傳入與此同時。還學會了像「知識」、「自然」等抽象的說法。當明治初期接觸歐美語言時，都是用漢語翻譯過來，製造了許多抽象詞的。比如「主義」、「社會」、「科學」、「哲學」、「本能」等等。日語在這點上，具體的表現和抽象的表現有很多，可以說在表達上沒有不自由的。

語彙間的相關性

日語的語彙如上所述，數量有很多，那麼語彙中的體系是否完整呢？不同的單語間的關係是否合理呢？

關於這一點，德語是有其優越性的。德語可以說，實在是理論的語言，或者說是合理的語言。「仕事」（工作），德語稱 Arbeit，如加上語尾 en 就變成動詞 arbeiten「仕事をする」（作工作）。日語就得用另一單語「働く」。德語還有在詞尾上加上 er 就變「……人」Arbeiter 就成了「働く人」（工作的人）。在日語並不是不可以說「働き手」，但一般還是用「労働者」這個詞。Arbeit 加上（geber）是「仕事を与える人」（給與工作的人），日語應該說「雇い主」（雇主），完全是另一個語詞。日語裏不說「働き与え……」這類語詞。

Arbeitnehmer 是「仕事をとる人」（工作的人），日語是「使用人」（佣人）；Arbeitsloser 是「仕事を失う人」（失掉工作的人），日語稱「失業者」（失業者）。德語語彙就是這樣淺顯易懂，並且構詞也很合理。Arbeitsteilung 一詞中的 Teilung 是「分けること」（分開），日語叫「分業」（分工），德語是 Arbeitsteilung；Einkommen 德語裏是「收入」的意思。「仕事の收入」，可直稱為 Arbeitseinkommen，而日語則是「勤労所得」；Streitigkeit 是「爭議」之意，如前面加上工作 Arbeit，就成了 Arbeitsstreitigkeit「労働爭議」在德語「勞動」這個語詞和「爭議」這個語詞，只要把它合在一起就成了一個複合語詞，變成了這樣的語言，要記住新的單語的話，效率就很好。

與此相比，日語則必須使用「働く」、「労働」、「勤労」等各種語彙。

英語的構詞也不像德語那樣地順利。英語son是日語「息子」（兒子）之意。如「息子の」、「子供の」，英語就得變成另一個形容詞 filial 的別的形態。sun 是「太陽」，如果「太陽の」（太陽的）的話，就變成是 solar。house 是「家」的意思，「家庭的」則是 domestic 使用的，完全是另一個詞。sea 是「海」的意思，「海の」用 matine 這個詞。英語的形容詞多是拉丁語系的語彙，這和日語的和語（固有詞）和漢語同時使用一樣，英語也本來是拉丁語和英語並用的。

不合邏輯的單語

據說英語裏有些奇特的單語，雖然是完全同樣的形狀，但意思完全相反的也有。如 defeat 有「失敗」和「勝利」兩種意思；cleave 有「破裂」和「銜接」兩個相反意思。inhabitable 這個詞，打開字典一看，有「適合居住」和「不能居住」兩種相反的意思。inhabit 是「居住」之意，加上able 是「能夠居住」的意思，但in—也有時

候表示否定的意思，所以整體上也有「不能居住」的意思。

　　實際上，和日語有著深遠關係的中國語也有相同的單語而意義完全相反的情況。比如在『論語』裏有「予，乱臣十有人り」的句子，其意思是看來似乎是：有十個禍國之臣。但實際上並不是那樣，「亂臣」據說是「治國的忠臣」。「孔子作春秋而亂臣賊子懼。」這是『孟子』裏的一句話。在這時指的亂臣是「禍國之臣」之意。雖然都是「亂臣」，但意思是完全對立。

　　「離」，這個漢字是離開之意，要是是「離世」是離開世俗，「離職」是離開職場，「離憂」就不是離開憂愁之意。而是「憂いにとり憑かれること」（是靠近憂愁）之意。還有「離立」這句話，查一下漢和詞典看看是「並立」之意，卻不是「離開而立」的意思。

　　在日語裏仍然有這種現象。如「先」這句話的用法就很有意思。「着いて見ると彼は先に来ていた」（到達一看，他早已來了）裏的「先」表示「以前」的意思，可是「着いてから先のことはまだ決めていない」（到了之後的事情尚未決定）裏的「先」是以後、將來的意思。還有「出郷」這句話，這是什麼意思呢：查字典一看，寫著二個意思。（1）「都を出て地方に行くこと」（離開城市到地方去）；（2）「地方から都へ行くこと」（從地方到城市去）。「入郷」是「去城市」之意和「出郷」的第二個意義相同。

　　雖然用了否定，但意思是不變的情況的例子。中世紀的幸若舞的在「烏帽子折」中有「牛若ななめに思し召し」這樣的一句話。「ななめ」是「不是普通的」的意思，是意味著「非常的感激」。但在『平治物語』裏有句「勢のつくことななめならず」，其中「ななめならず」是由「ななめ」和「ならず」合在一起的，也是「不是普通的」的意思。這句話的意思是：獲得了特多的朋友。

在現代日語裏也有那樣的例子。比如「とんだことだ」和「とんでもないことだ」。雖然「とんでもない」是否定，看來和「とんだ」正相反，但意思是相同。從這點來看，日語裏不合邏輯的地方有很多。

2. 表現自然的語彙

關於雨・天氣的語彙

我們可以說在日語裏表現自然的語彙很多。這是因爲日本的自然富於變化，還有就是日本人愛好自然，對自然抱有強烈的關心。

在表現自然的語彙中最突出的是關於雨的語彙。如：「春雨」、「五月雨」、「夕立」、「時雨」、「菜種梅雨」、「狐の嫁入り」等等。最近又有「集中豪雨」和「秋雨前線」等。這是由於日本是個經常降雨的國家。

這其中的「春雨」這個詞還好懂，「五月雨」使用了非常難的漢字的用法。「時雨」也是如此的，因爲中國語沒有和「五月雨」、「時雨」完全相對應的語言。「さみだれ」是五月份降的雨，或「しぐれ」是忽降忽止的秋雨。根據這種意思就給它填上的漢字。

因爲是這樣，所以日語裏一般關於雨的語彙是很豐富的，比如「雨合い」、「雨脚」、「雨宿り」、「雨ごもり」、「雨曇り」、「雨垂れ」……像這樣的單語。把這些單語，用英語來說的話，用單語就不能表達了，「雨宿り」在日語裏很普通的語言，譯成英語是 taking shelter from the rain，再譯成日文則是「雨から避けて隠れ家をとること」。

「雨男」、「雨女」等之詞，雨男是指和那個男的一起去，一定會下雨的。這樣的語言在其它國裏的語言是沒有這樣的表現方式。日英辭典裏沒有收錄的。據說明治時代的詩人佐佐木信綱是有

名的雨男還有另一個人是尾崎紅葉也是有名的「雨男」。某報社企畫請這二位演講，覺得今晚大概會下大雨，誰知出人意料，是個晴朗的好天氣，這麼一來馬上上了第二天的報紙，說這是二陰相合為陽，所以天晴。這樣的單語若非日本人是無法想像得出的。

我們時常不以為然地使用著「雨天順延」這句話，把這個詞譯成英語就變得很長了。to be postponed till the first fine day in case of rain——「雨の場合には最初の晴れた日まで延期される」（遇雨時，順延至下一個晴天的日子）——確實是那樣的，而且必須這麼說，但平時一點兒也不用這句話的。

四季的雨

希望注意剛才所說的「五月雨」及「梅雨」這句語詞。兩邊相同的都是指雨。「五月雨」可說作「五月雨が降る」、「五月雨がやむ」相反的「梅雨」則不同，「梅雨に入る」、「梅雨があける」。五月雨的雨是指雨的本身，梅雨是指降五月雨的季節。這仍然是說雨，但是特別是五月雨對日本人來說是重要的。

上一節裏引用了雷衛‧布留魯的學說，未開化人的語彙很多，並講到某地語言中，有關雨的語彙也不少。日本人在這點上和未開化人的語彙很相似。斯特勞斯曾說，語彙是由生活的必要性所產生的。對日本人來說「五月雨」或「梅雨」等都和插秧季節有著重要的關係。插秧季節下的雨叫「五月雨」，這是日本的雨名和季節相結合在一起的一種表現，是很重要的。

但是，在日語裏「春天的雨淅瀝淅瀝地下」、「夏天的雨嘩啦嘩啦地下」、從秋到冬降的時雨則「濛濛地下」，也就是表現各種季節下雨的狀態各不一樣。要是查字典的話，「時雨」是「從秋天到冬天時降時停的雨」只有這樣的寫著。可是我們日本人一聽到這個語詞，除了認為是降雨之外，還會聯想到感到涼颼颼的山上的樹葉變紅。要是是從前人的話，還會聯想到深山裏雌鹿想戀雄鹿的鳴

叫聲。每個有關雨的詞都可以喚起人們一個又一個的豐富的聯想。由這些就產生了俳句 —— 世界上最短的詩出現在日本。

　　春雨や傘さして見る絵草子や（子規）

　　因爲下著春雨，所以不太冷，心情好撑著傘悠閒地看著掛在店裏的畫實在和春雨很相稱。

　　さみだれや仏の花を捨に出る（蕪村）
　　（梅雨連續下，不知爲什麼會感覺心情鬱悶。）

　　把五月時梅雨天氣人們鬱悶的心情刻劃的淋漓盡致。

　　或者是芭蕉：

　　初時雨猿も小蓑を欲しげなり
　　（初降秋雨天，猿猴亦知寒，欲得蓑衣暖）。

　　感到涼颼颼的，連猴子也沒有精神，有著想要蓑衣的樣子和梅雨很相稱的感情。

風和月表示季節

　　所謂的俳句，是由於日本的自然富於變化，而在日本產生了。由這樣產生的俳句有所謂的「季題」，日本人把它收集起來成『歲時記』，這是分春夏秋冬再加上風。例如「春風」、「夏の風」、「秋の風」等，這些都各具諧趣的。

　　這樣表示季題的不是只有「風」、「雨」，就是月亮這樣冰冷的天體，在日本也是隨著四季而變化的。如「おぼろ月」（朦朧之月）是春天的月亮，「明月」是秋天的月亮等。

　　本多勝一的著作『極限民族』是本多先生進入阿拉伯游牧民族之間生活時的體驗。那邊是沙漠地帶。本多到那裏去想起了孩童時代唱的童謠『月光下的沙漠』（加藤正夫作詞），就是常唱的「遙遠的月光下的沙漠……」。歌詞是月夜裏，身著同樣白衣的王子和

公主，騎著駱駝，越過沙漠，到地平線那邊去旅行，是一首非常浪漫的詩。但歌詞最後一句是「おぼろに煙る月を対のラクダはトボトボ」（朦朧的月色裏，一對駱駝，有氣無力的）。「おぼろに煙る」，是意味春天季節的。作者在這首詩裏想表達的是沙漠此時還是不冷不熱剛剛好的季節。

可是本多先生把這首歌意說給阿拉伯人聽時，聽說他們嚇了一跳，要是說爲什麼感到驚訝，那是因爲在沙漠地帶月光昏暗並不是春天的朦朧之月。勉強地說一年只有一次，那就是當旋風襲擊沙漠時，才會有這種情景。沙礫飛揚，天空昏暗，月亮才模糊朦朧。且在這天昏地暗的時刻，身著白上衣的情侶怎麼還能在沙漠裏漫步呢？本多先生寫道，聽到這裏才明白了這是一首不瞭解日本以外的大自然的詩人，憑空想像而作的詩。當然從道理上來講無疑是對的，可是我邊讀邊想，能夠作這種遐想的日本人是多麼幸福的民族啊！

日本的日曆的特色

日本的一年是那樣富於變化。把日本的日曆和美國的日曆的不同之處比比看，我想是非常有趣的。看表IV—2的美國日曆，「聖燭節」、「情人節」、「華盛頓誕辰」等都是以人爲主的。就算是「耶穌受難日」、「復活節」也都是和人類有關的。

日本的日曆並不是如此的，日本的日曆雖然也有這樣的事情，但另外還有表示季節變化的、反映日本人生活的「立春」、「春分」、「八十八夜」、「梅雨の入り」、「夏至」、「二百十日」等等的節日。

在日語裏表示季節變化的語詞有很多。比如；「春めく」是很普通的詞吧！但其他國家的語言卻不能用一句話來說。查一下日英辭典，則是 to show signs of coming spring，意思是表示春天到來的徵兆。沒有錯，但太長。中國語是「有春意」。

IV. 日語的語彙

　　日語裏還有「早春」、「春浅し」等很美的語彙。所謂的「春浅し」在日本人的感覺是，冬天是沒有顏色的季節，春夏則帶有各種色彩。「早春」給人一種春天的顏色是淡的感覺。

美國年曆（1980）

1月 1日（休）	New Year's Day	元旦
2月 2日	Groundhog Day	聖燭節
14日	St. Valentine's Day	情人節
20日	Ash Wednesday	聖灰星期三
22日（休）	Washington Birthday	華盛頓誕辰
3月17日	St. Patrick's Day	聖派翠克節
30日	Palm Sunday	棕樹節
4月 1日	April Fool's Day	萬愚節
3日	Passover	逾越節
4日	Good Friday	耶穌受難日
6日	Easter	復活節
5月11日	Mother's Day	母親節
30日（休）	Memorial Day	陣亡將士紀念日
6月14日	Flag Day	國旗日
15日	Father's Day	父親日
7月 4日（休）	Independence Day	獨立紀念日
9月 1日（休）	Labor Day	勞動節
10月12日（休）	Columbus Day	哥倫布發現美洲大陸紀念日
27日（休）	Veterans' Day	軍人節
31日	Hallowe'en	萬聖節前夜
11月27日（休）	Thanksgiving Day	感恩節
12月25日（休）	Christmas Day	聖誕節

　　從這方面看，我想我們不能不承認日本人欣賞自然的能力實在是很厲害的。因此淺淡使用在春天，而夏天是不用的，是那樣細心的考慮著。

少量的天體語彙

和季節變化相比，日本人對於天體是冷淡的，特別是對於星辰。這與其他國家相比很不一樣。比如，看一看世界各國的國旗，美國的國旗上有很多星星、敘利亞、阿拉伯共和國，還有緬甸、土耳其、巴西等的國旗上都可看到星星。由此可以知道外國人對星星是非常關心的。

還有所謂的星座，日本人自古以來就不太關心，我們對於星星也是知識貧乏，所知道的只有什麼北斗七星和金星。希臘和中國自古以來就能把天空中的某個星屬於某個星座區別得一清二楚。新村出博士早就注意到了日語關於星辰詞彙很少這一點。爲什麼日本人對於星辰不關心呢？那是因爲星辰以外還有許多自然景象吸引著日本人的注意。代表的就是植物。

植物語彙

我在上小學的時候——現在也是一樣，在上地理課時使用的地理附圖，其中有地勢圖。對於地勢圖的畫法我很不喜歡。地勢圖上把高的地方塗上茶色，低的地方塗上綠色，我覺得這不是很奇怪嗎？山不是都是綠色的嗎？人住的平地才應是茶色的。於是我在教室故意地按著我自己的想法，相反的，把山塗成綠色，低的地方塗上茶色。這麼一來。老師要我重劃，我非常的不滿。可是經過了三、四十年後我才明白，地勢圖爲什麼要這樣的畫法。

離開日本，自然的確是如地圖所描繪的那樣。到韓國去，山上樹木大概都很少，中國更是如此。亞洲一直到土耳其的南端都是這樣，高的地方大概是茶色的，低的地方僅有一點綠色。美國的加利福尼亞州和日本差不多，飛機在落磯山脈上空飛時一看，就發現，山大體是茶色的。當我聽到「南國西班牙」時，我聯想到的是綠意盎然的國土。實際上去了一看，才知道西班牙全部是光禿禿的山、

岩石山，山的顏色是茶色、白色、黑色、灰色。也就是說地勢圖是根據日本以外的歐洲或美國的自然情況繪製的，我最近終於明白了。日本的自然環境是特別的，植物多，特別是樹木多。

因此，在日語裏有關植物的語詞是很多的。比如「咲く」（開）、「散る」（落）、「枯れる」（枯萎）……日語的「咲く」相當於英語的 bloom。bloom 原本是花的單語，在漢字裏有「咲」這個字，想必也是「開放」的意思啦，但猜錯了，而是笑的意思。在日語裏「咲く」這個詞很重要，所以就想在中國語中找了意思相同的漢字，結果硬是把「咲」作爲開花之意來用了。中國語裏打麻將時有「槓上開花」一詞，這個開花就是日語說的「花が咲く」。

「枯れる」也是那樣的，英語說「枯れる」是 die（死ぬ）。法國的小調中「枯葉」一曲，法語是「死了的葉子」。日本人把「枯萎」和「死」看作是兩回事。日語裏關於「發芽」的單語也很多「芽ぐむ」、「芽ばえる」、「芽だつ」、「芽ぶく」、「萌える」……等。日本人好像喜歡用這樣的語彙。

日本人的詩情

在每年三月舉行的大學升學考試，考試的結果習慣是用電報通知各地考生。對於考取的電文是「ハナサク」，未錄取的電文是「ハナチル」。上智大學的前任校長皮塔烏先生是意大利人，他對上述通知辦法深爲敬佩。他曾說日本人在這種場合使用的語言是詩一般的語言，日本民族是多麼富於詩意的民族啊！

前面說了，「榎」或「榊」等等木字邊的國字很多，是因爲日本的樹木多，也表示日本人對樹木的關心。前面介紹了雷衛・史特羅斯的書中的有趣的一段，是引用學者史密斯・巴維埃爾的話：「自己對區分秋海棠、天竺牡丹、牽牛花是沒有把握的」。怎麼樣？這對我們日本人來說容易得很吧！這也表示西洋人很不關心植

物。

日本人喜好對於雜草加以一個一個地命名。『千曲川旅情之歌』開頭的一句是「小諸なる古城のほとり雲白く遊子悲しむ。綠なすはこべは萌えず……」（小諸古城邊，白雲遊子悲傷。綠色繁縷未發芽……），詩裏用了ハコベ（繁縷）一詞效果極佳。ハコベ是春季最先發芽出土的一種極普通的綠草。歌詞中指出連ハコベ還沒有發芽出土，表現出和冬天相同的信州地方遲來的春天的景色。

蟲的語彙

和對植物一樣，日本人對於昆蟲也知道得很詳細。池田摩耶子小姐所寫的書裏這樣地寫著：「在美國，用川端康成的『山音』作爲教科書，來教學習日語的學生。『山音』中有一段是「八月十日前だが、虫が鳴いている」（還未到八月十日，昆蟲就在鳴叫了），美國的學生們都認爲這裏所說的鳴叫的昆蟲是指跳蚤、虱子或什麼的。當我告訴他們是秋天的昆蟲時，學生們都顯出一副驚奇的臉色。這時恰好聽到教室外邊的蟲鳴叫聲，就對學生說：「現在聽到了嗎？所說的昆蟲就是這種蟲子。」學生們靜靜地聽著，才發現昆蟲的叫聲，便回答道：「的確，確實聽到了叫聲。」聽說曾有一種新的學說，認爲昆蟲叫聲爲噪音，而且是由掌管聽覺的腦的一側傳入的。看來日本人是一個相當特殊的民族吧！

聽說德國人對於日本人能區分清金鈴子蟲和金琵琶蟲的叫聲是很欽佩的。稱讚說，連那麼小的蟲子的聲音都能區分清楚，眞不簡單。查一下日德辭典那裏邊的金鈴子、金琵琶、蟋蟀都解釋爲「グリレ」。日本人對能飛能跳的昆蟲——水蟲、蟈蟈、蝗蟲都分得很細。叫美國人來說蜻蜓，就是dragonfly，是一種奇形怪狀的、一聽就令人心情不快的動物。對我們來說，蜻蜓是一種非常可愛的昆蟲的名稱，並且能區別出其中有紅蜻蜓、鬼蜻蜓、銀蜻蜓、麥枯蜻蜓等等。

水的詞彙

在日本的大自然中，具有特色的是「水」（涼水）「和湯（溫水，熱水）」。日本眞是個豐富的水之鄉，溫泉之鄉。日語有句諺語「湯水の如く使う」（揮霍無度、揮金如水）。這句話顯示了日本人把水用了就丟的浪費水的習慣。據見坊毫紀先生的『ことばのくずかご』這本書，這句話在阿爾及利亞的語言是「節省的寶貴的用水的意思」。

「湯」這個字是有日本的特色。比如日語「湯」的意思是「開水」、「白水」的意思。在中國也有「湯」這個漢字，是「菜湯」「魚湯」的湯的意思，和日語的意思不同。

在英語裏，把「湯」說是hot water，日本對此感到有些奇怪。二次大戰剛結束時，美國人來到日本，住進日本的旅館，早晨要洗臉；當時旅館的設備還不是那麼完備，打開水龍頭，「H」拴或「C」拴，流出的都是涼水。馬上叫服務員拿開水來，但是他作夢也想不出「湯」這個單語於是就說了句「アツイミズヲクダサイ」（請給我熱水）。女服務員一聽嚇了一跳，感到很費解，要是水熱的話，就變成熱水了嗎？她反覆思考之後，就說：「很抱歉，那樣的東西，本旅館裏沒有」。西歐人認爲 water 是 H_2O，包括涼水和開水。不僅英語如此，法語也是如此。要是法語說 eau，其含義是水、湯、雨、口水、汗等意思。

日本人說的水，當然是天然自然的，但是和「湯」不同，是冰涼的東西。日本的水是淨水是清潔的。當我們去爬山時，看到從山谷流出的小溪的水在流著，就會不由自主地停下腳步，雙手掬起喝上一口。外國人看到這番光景常常驚詫不已。當我聽到「滝」（瀑布）這個語詞，就會有清澈的水從高處嘩嘩流下的感覺。如世界上有名的瀑布，南美的伊固阿斯瀑布、非洲的維多利亞瀑布，其水渾濁如日本的味噌湯，吧嗒吧嗒地滴；雄偉壯觀是有的，但決不是清

澈的。

　　關於水的單語還可舉出很多，如「水玉」（水珠）、「水鏡」（水平如鏡）、「水晶」、「水盤」、「水滴」……都給人以潔淨的感覺。

　　關於「湯」的詞也很多，如「湯あみ」（沐浴）、「湯帰り」（浴後歸來），或者「湯疲れ」（浴後疲倦）、「湯冷め」（浴後著涼）。這都是道地的日本語的單語。「湯帰り」這句話在森鷗外的小說『雁』的開頭就出現了。小說『雁』就是從女主角阿玉從浴池歸來時的倦艷姿態開始的。「湯帰り」這個語詞可以說要不是在日語中就不會產生的語詞。

3. 表現生活的語彙

有關家畜的語彙

　　記得在中學上英語的時間，老師經常說，英語是非常嚴密的語言，牛說起來是很複雜的。オスのウシ（公牛）、メスのウシ（母牛）、子供のウシ（小牛）都要一一地區別。メスのウシ，叫カウ（cow）；子どものウシ，叫カーフ（calf）；自然的原本就是公的（沒閹割的）牛叫ブル（bull）；閹割過的叫オックス（ox）。當時聽了之後，實在是感到這也過分詳細了。

　　日語裏也有「オウシ」和「メウシ」這樣的語詞，但這些語詞不同於英語，英語中「オックス」是一個單語，而所謂的「オウシ」是オ和ウシ所產生的，「メウシ」是メ和ウシ所產生的，可以說是從屬的單語，英語的オックス啦カウ原本就是一個單語。在英語中不單是「ウシ」如此，「ヒツジ」（羊）也有區別，公羊也有閹割過和沒閹割過之分。現在還記得我學時，公羊叫ram，小羊叫lamb，當時 r 和 l 音怎麼也不會區分。經常很煩惱，但是知道有嚴

密的區別。

　　接著還有「群」這個語詞，由於動物種類不同，說法也不一樣。如牛馬群稱「ハード」（herd），羊群稱「フロック」（flock），狼和獵犬的群叫「パック」（pack），被追趕的家畜群叫「ドゥローヴ」（drove）。每一個都各有其不同的語言來表達。

　　查一下日英詞典就會感覺到「叫」這個單語實在是規定得很詳細的。如牛叫 low，馬是 neigh，驢是 bleat，連豬都規定得清清楚楚的是 grunt。日語裏也有「馬」是「イナナク」，「狗」是「ホエル」，這些是有的，但是，羊是如何表達，豬是如何表達根本就沒有想過。這種區別法在西歐似乎是共通的傾向。歐洲人和日本人不一樣，自古以來吃的是牛肉和豬肉，穿的是羊毛的衣服。也就是說畜牧業對他們的生活上一定很重要的。

　　在東洋，在阿拉伯語中，表現駱駝的語彙也很豐富。據帕馬的『現代言語學紹介』這本書。稍有點區別的語詞就多達五百多個。這是因為駱駝對阿拉伯人有著極其重要的作用。鄰近的中國也把家畜區分得很詳細。我們的『漢和辭典』裏，部首中有牛部和馬部。例如馬部，就排列著很多我們從未見過的字。

　　馯（カン）——青黑色的馬
　　駒（テキ）——白額頭的馬
　　馺（サフ）——馬互相追逐
　　髳（バウ）——馬的長毛

　　這也說明在中國和日本是不同的，是很重視的馬的，馬在生活上是重要的東西。

　　中國的鄰國的蒙古也是如此。服部四郎博士在他很久以前出版的『蒙古及其語言』一書中，曾這樣寫著，蒙古語中對馬的種類分得很細，比如公馬、母馬、坐騎馬、產子前的雌馬，小馬、長牙的馬、二歲馬、三歲馬、四歲馬都各有名稱。這表明蒙古人非常重視

馬這種家畜。更令人驚奇的是,這本書中還把牛糞分爲四、五種名稱,並且註明這是由於其狀態用途的不同而來的。總而言之,我們可以瞭解到除了日語以外的語言,對於有關家畜的詞彙是非常發達的。

我小時候讀過『伊索寓言』,在故事中活躍的,羊啦、驢啦、狼啦、狐狸等等,一看就感覺到這是在游牧民族間所產生的故事。

日本是稻田之國

我是在大正(1912—1926)時期進入小學的,當時的圖畫書中有這樣的故事:「蘿蔔、胡蘿蔔、牛蒡一起去了浴室。牛蒡光是在玩,所以變得黑黑的,胡蘿蔔淨是在洗澡,所以全身發紅;蘿蔔洗得很乾淨,所以變得全身雪白。大家去浴池時都要好好地洗乾淨喔!」看了這段故事就覺得,日本的確是個農業國,是蔬菜之國。

特別是日本的農業以米爲中心,所以關於米在日本是非常講究的。比如我們在中學時問英語老師;「米用英語怎麼說呢?」老師回答說叫「rice」。我們都感到很奇怪,rice 不是白飯嗎?英語裏是不是沒有米這個單語呢?英語裏叫做米或飯是不重要的,所以都用同樣的語詞。在日本,水田栽種的作物叫「稻子」作爲穀物時叫「米」,做成能吃的食物叫「飯」或「白飯」。中國和印度尼西亞都很重視米,所以也有和日本同樣的說法。在日本也有叫ライス(rice)的這個語詞,這是盛在盤子裏的米飯,旁邊放一點醬菜。經常到餐廳去要是說:「ごはんをくれ」。對方會反問道:「ライスですか。」有人就故意再補上一句:「いや、ごはんです。」這時服務員只好驚奇地端著盛在碗裏的飯走過來。也就是說,在服務員看來,「ライス」和「ごはん」是兩種不同的東西。

在日本,種米的稻田很重要。在日語裏「田」這個單語很重要。在日本語除了田之外,還有「畑」字,這是日本創造的漢字,爲什麼變成這樣呢?聽說在中國「田」這個字,日本人是用「ハタ

ケ」來表示，但「ハタケ」沒有漢字，所以日本人不得不造一個，於是在田字旁邊再加一個「火」，寫成「畑」字。田的重要還表現在很多人的姓上，人的姓中最多的是用田這個字的姓。如田中、田村、吉田、上田、山田、前田……，的的確確表示了日本是一個稻田之國。

有關漁產的語彙

在日本的產業中最符合日本式的產業是漁業。由於這樣的關係，所以日語中有很多字都是使用是以魚字為偏旁的。比如：鰯、鱈、鱚、鱗、鯰、鮗……等，像這樣的字在中國是沒有的，是為日語所創造的漢字。

我曾在夏威夷生活過半年，到夏威夷的市場的時候，魚店前擺著金槍魚和鰹魚在賣著。夏威夷語是有區別地把金槍魚叫アヒ，把鰹魚叫アキ。我們日本人馬上就能區別，所以當時要是說給我アヒ，還是說我要アキ，就能買回家。但是美國人兩種魚都叫tunafish，好像是不加以區別，把 tunafish 脂肪多的叫金槍魚，脂肪少的叫鰹魚。

一般美國人把fish這句話和日語裏的「魚」含義不同，英語中的fish包括「イカ」（墨魚）、「クラゲ」（水母）、「ヒトデ」（海星）。水母和海星在英語裏都可算魚類，也就是說不管其形狀如何，只要是海中的東西，大多可列入魚類。日本是個漁業國，在這點上，對魚的分類是很繁瑣、很複雜的。在日本「カズノコ」（魚子）只是指鯡魚的卵，鮭魚的卵叫「スジコ」。這剛好和先前所說的，在歐洲公牛應這麼說，母牛應那麼說，小牛該怎麼說均一一地加以區別是相同的。

日本還有個習慣，就是根據魚的生長過程詳細的加以區別。比如「セイゴ」是「スズキ」（鱸魚）的小魚；叫做「イナダ」的魚，長大後叫「ワラサ」，最後成「ブリ」（鰤魚），這是關東的

叫法。在關西又不同，他們變成了「ツバス」、「ハマチ」、「メジロ」。

在渋沢敬三老師所出的書『日本魚名的研究』這一書中，有寫「四條流」名菜作法，用圖解形式對魚各個部位作了說明。一條鯉魚的身體從一號一直標到五十幾號，每個號都有它的名稱。仔細一看，就連鰭也是名稱繁多，由前方順著順序，西亞柯鰭、諸神之鰭，諸人之鰭，彌沙柯鰭、斯麻西鰭、隱癢鰭、阿麻多柯鰭等等，使人感到只有日本才能作出這樣的區別。小時候我去參加親戚家的喜事，帶回來一小碟鯛魚，媽媽用筷子剔出鯛魚的像農具形狀的三塊頭骨，告訴我這塊叫什麼，那塊叫什麼。在專家之間魚的各部名稱也不大統一，或許各有各自的叫法。

漁場的種類在日語裏也區別得很細。根據望月八十吉的『中國語和日語』這本書中指出，在日本很平常地使用的「沖」、「灘」、「浦」、「磯」，在中國語裏是沒有。是這樣說明的：

沖——離岸較遠的海上，
灘——波濤洶湧的海面，
浦——波浪平靜的灣，
磯——石頭多的海濱。

衣食住關係的語彙

其次稍微談一下關於衣食住和日本語彙。首先是「衣食住」中的「食」。關於日本吃的方面明顯的是「煮」的料理是很發達的。也許這是由於日本的水源豐富，還有多用蔬菜之類做為食物的緣故吧！

比如英語的 boil，在日語的意思就不同了。要是說作飯應為「炊く」（燒），作味噌湯應為「煮る」（煮），煮蛋稱為「ゆでる」（煮），燒開水應說「わかす」（燒沸）。有什麼不同呢？

「ゆでる」和「煮る」雖然都是煮，但具體的作法也不同。「ゆでる」要把湯倒掉，不喝湯；「煮る」時湯則不倒掉，連湯一起吃。日語就有如此細緻的區別。在英語裏就沒有如此的區別了。

與此相對的日語的「焼く」這個語詞是非常馬馬虎虎的。英語中有 roast 和 broil 的區別，而 bake 和 toast 也有區別。bake 是用於製作烤麵包的過程；toast 是把吐司放入烤麵包機裏烤。對於這種區別，日本人非常模糊。人們常說的「牛肉のすきやき」（牛肉火鍋）和「サザエのつぼ焼き」（貝殻烤蠑螺），是否眞的去燒，還有待研究，但是美國人對此都是用 boil（煮）這個詞的。

日本語的「衣」是表示穿的生活語言，特徵是上半身和下半身是分開的表示，依據穿什麼全都不同。用於上半身的動作的詞非常詳細。帽子和面具、古時的盔甲都用「かぶる」（戴），眼鏡、口罩用「かける」（戴），和服和西服都用「きる」（穿），手套、戒指用「はめる」（戴），外套和背套用「はおる」（披、罩），披肩和面紗用「まとう」（圍、戴）關於上半身是很嚴格囉嗦的。

可是一到下半身就很簡單了，不論是褲裙、西裝褲、裙子、襪子，還是木屐或鞋子……全部都統一用「はく」（穿）。這究竟是怎麼回事呢？仔細一想，這是因爲日本人雖然把人體分爲上半身和下半身，但是他們認爲下半身不太乾淨，所以不願意講關於下半身的動作。

「足」這句話英語分爲 foot 和 leg，foot 是指進入鞋裏的部分，leg 是指腰以下的部分。中國也確實區別得很清楚。foot 是腳，leg 是腿。之前出現了「短足類」這句話，這是一個討厭的詞，可是仔細一琢磨，這並不是說腳短，而是指腿短。因此，是否可以改爲「短腿類」更爲合適。

還有「ひざ」（膝）這句話，一般指腿彎曲部分，英語有兩種說法，即 knee 和 lap，knee 是彎曲的部分，lap 並不是，lap 是「ひ

ざまくらをする」（以他人的膝爲枕）時的「ひざ」。的確，躺在硬邦邦的東西上睡覺是不太舒服的。

我曾去過山口縣的萩這個地方的「松下村塾」，這裏房屋的安排很有趣。我記得那裏有教室，有學生的起居室，有老師的房間。這些房屋都很普通的排列著，只有一間設計得斜斜的，據說這是吉田松陰老師的寢室，這是相當浪費的空間設計，爲什麼是那樣設計呢？吉田松陰老師是彬彬有禮的人。如果房間向東，那腳就要向天子；如果向南，腳就要對著祖先的墓地。朝北、朝南都認爲不好，所以只好向西北方向了，因此才這樣設計的。我想歐美人是想像不到會這樣作的吧！

我去了一次巴黎。在凱旋門下有「無名戰士墓」，我原以爲「無名戰士墓」是用塊巨大的石頭或什麼建的，而且在上面雕刻著「無名戰士之墓」的大字。可是我並沒有找到那樣的東西，於是我問一位路過的法國人，他回答說：「現在您腳下踩的地方」我大吃一驚，日本人無論如何也想像不出用腳咯咯嗒嗒地踩的地方是墳墓。

日本人說「土足」（穿著鞋）和「下足」（脫下的鞋）。這的確是眞正日本式的造語，這也和日本人的住屋有著密切關係。現在日本人積極輸入歐美文化，但一直沒有歐美化的是：不穿鞋進房間的習慣。在夏威夷的日本人雖然在種種方面已經美國化了，但是還保留著脫鞋進房間的習慣。

ハレ和ケ的區別

日本人的生活中，經常成爲問題的是柳田國男先生早就指出的ハレ和ケ的區別。ハレ就是「裝飾」，ケ就是平常。這種區別對日本人來說很嚴格，而且遍及衣食住等各個方面。

說到在衣服生活，比如「紋付、袴褲」（日本式的禮服）就是「ハレ」，在飲食生活方面，「赤飯」（小紅豆飯）和「おモチ」

（麻糬）；住宿生活方面，「お座敷」和「客間」（都是日本式的接待客人的房間）是「ハレ」。

當然這種區別也適用於日語語言本身。日語文體中有ダ体、デス体、マス体和コザイマス体，就是「ケ文体」和「ハレ文体」的區別。

這些在單語方面也有影響。今天分為「きょう」和「コンニチ」，意思完全相同，但用法不同。如平時說「きょう行くよ」，但決不說「コンニチ行くよ」。「きょう」是平時用的，「コンニチ」就不是一般了而是敬體的表現。類似的還有「あした」和「ミョウニチ」、「こんど」和「コノタビ」。在日本人的生活中「ハレ」和「ケ」的區別是清清楚楚的。

工作和遊戲

日本人的生活中最顯著的一個特色是日本人的勤勞精神。以前我曾經讀過芳賀矢一博士的『國民性十論』這本書，其中有「忠君愛國」、「清潔」等寫著十論的主要內容。但是他在這裏卻沒有提「勞動能手」，也就是說。芳賀矢一博士好像認為，日本人像現在這樣地工作著是理所當然的。這正是日本人愛勤勞的精神的表現。

戰後，關於日本人的國民性也是議論紛紛，在『知性』這本雜誌上，曾經論過日本人的國民性。說話損人的大宅壯一、宮城音彌等人不約而同地罵了日本人一頓。只有一點，那就是誰都不得不承認，日本人是勤勞的。表示「勤勞」的詞在日語裏是有的，比如「働く」就是。在日語裏和「働く」相對的是「遊ぶ」。日本人的「働く」和英語中的 work 不同。所謂的 work，對著桌子用功也可說成 work，日本人則不是這麼說，而說「うちの娘は勉強ばかりして、ちっとも働かない」（我女兒，淨是用功，一點兒也不工作）。以此表示日語的「働く」比起英語的 work 要嚴密。「働」是日本人自己創造的漢字，的確有日本的樣子。

「遊ぶ」也和英語的play不同。play是「玩什麼」的意思，日本的「遊ぶ」倒不如說是什麼也不做，有貶義；play 沒有貶的意思。日語所謂的「遊ぶ」是「做著無用的事」的意思，用於消極場合多。但我們認爲日本人是熱愛勞動的。「北の湖の右手が遊んでいる」（北之湖的右手閒著），這裏「閒著」即是一例。

我想舉出和「働く」有關的像日本樣子的語詞，「いそしむ」這個字查一下日英詞典，いそしむ等於励む，英語寫爲「endeavor」。「励む」和「いそしむ」不同。「励む」是「拼命做」的意思，「いそしむ」是「一邊工作一邊從勞動中得到歡欣」是個真像日本樣子的詞。日本人愛勞動，所以才有「いそしむ」這樣的詞。這個詞表現出日本人愛勤勞的精神。

4. 有關人的語彙

表示人體的詞彙

在日語裏表示人體的詞彙比較草率的。雖然日語裏很明顯的有「眼」、「鼻」、「口」、「耳」等詞，但是一提到「首」像這樣的漢語不同了。在漢語裏有首、頸之分，而日語裏的「首」是頸部彎曲處，也是彎曲處以上的地方，二者都叫首。在英語，有 neck（脖）和 head（頭）的區別。

我們簡單的說「ノド」（喉嚨）。在中國有「咽頭」和「喉頭」的區別。「咽頭」是張嘴能從外邊看到的部分統稱爲「ノド」。喉頭是有聲帶的，出聲的地方，日本人兩邊都稱喉嚨沒有區別。

要是是「ヒゲ」（鬍鬚）的話，中國就分得更加嚴格了。「鬚」指下巴上的鬍鬚，「髭」是唇鬚，「髯」指臉頰上的鬍鬚。英語裏也有區別，分別稱爲beard，moustache，whiskers。日本則把這些統稱爲「ヒゲ」。

　　「ツメ」（指甲）這句話，現在我們是指硬梆梆的地方。再看一下由つめ造成的詞，「つまむ」是用指尖拿東西。「つまびく」是拿吉他用指尖彈的意思。所謂的「つめたい」，是指在冬天手指尖觸到冰之類的疼痛之感。由「つめいたい」逐漸演變成了「つめたい」。好像古人把整個指尖都叫「つめ」，現在指的硬梆梆的部分，據『和名抄』字典記載，古人叫做「つめの甲」。

　　在日語裏身體部分的名稱是極為簡單的。特別是身體內的部分看不到的體內部分，更是如此。現在雖然有「肺」、「心臟」、「胃」、「腎臟」這樣的語詞，全都是漢語，即古時候的中國語，之所以這麼說，日本人在和中國交往之前很可能是沒有這些語詞。要是有名稱的話，大概也只有兩個。一個是「きも」（膽），另一個是「はらわた」的「わた」（內臟的臟）。所謂的日語是比較落後的一種語言。但是，這裏也存在著一些很有趣的問題。

愛伊奴族語的肉體表現

　　知里眞志保先生是一位有名愛伊奴人學者，他編了一本『分類愛伊奴語辭典』，其中有一冊厚三厘米，全部是有關人體的語彙。愛伊奴語中有關人體的語彙相當多。這本書是按愛伊奴語的 ABC 順序排列，並附有日語的說明。日語譯文變得相當地長。如：愛伊奴語中的 rarempox，日語是眉和眼之間，愛伊奴語的 kisannin 是耳根稍突起的部分。我不得不驚嘆他們在這些相當奇妙的地方，把它起名字，讓我不得不佩服他們。

　　這本書是按照那樣的情況下編寫出來的。最後用日語不能解釋的地方就以圖來說明。小指根和手心外邊的部分稱謂 tek-pisoy，tek 是手的意思。那個地方只說成 pisoy 也可以。我們日語應該把那個地方叫做什麼呢？我不知道。愛伊奴人就是這樣把人的身體安上各種各樣的名稱。按這種情況，不論是胃、腸、肺臟、心臟愛伊奴人都有名稱。感覺到這本辭典宛如是在看一本醫書。

　爲什麼日語關於人體的語詞非常單純呢，而愛伊奴語卻那麼詳細呢？這是因爲飲食不同的緣故吧！日本人幾乎是不吃肉的。——不吃獸肉，是愛伊奴人從前就吃熊，熊肉之中有好吃的也有不好吃的。熊肉最好吃的地方是哪裏，你知道嗎？在中國菜肴中有三種好吃美味的東西。一是燕窩，二是猴腦，還有一個就是熊掌。熊掌即小腳的趾根，是叫做 pisoy 的部分。

　熊是進行冬眠的動物，在冬眠前熊用 pisoy 部分把螞蟻碾死，這樣一來螞蟻的血都牢牢沾在其掌上。因一時不注意、偶而嚼過螞蟻的人可能記得，螞蟻是一種酸甜的味道。熊冬眠期間醒來時，就用舌頭舐掌的這個部分。由於這樣的關係，熊肉的 pisoy 部分是最好吃的。愛伊奴人捕到一隻熊，熊掌是要進奉給酋長的。在愛伊奴人吃熊肉的生活中就把熊的各部分都注上名稱。又把這些名稱應用到人身上，人身體各個部分都起了名。英語、德語等歐洲語言關於內臟的名稱非常詳細，這也是他們的祖先代代都吃肉的一個標誌。日本人不吃肉，所以日語裏表示內臟的語詞非常少的。

有關生理衛生的語彙

　接著是生理上的語詞比如關於「吐血」。日語是籠統的。中國語把從肺部出來的血叫喀血，從胃部出來的血叫吐血有很大的不同。

　又「キズ」（傷）這句話在中國語裏有「疵」、「傷」、「痍」、「創」……等的字很多，意思是不同的。英語中 wound 是指刀傷或槍傷。cut 是砍傷，bruise 是跌打傷。scratch 是抓傷。

　病名也是那樣的，「結核」、「癌」、「心臟病」……等，現在日語中也使用著。所有的這些都是漢語，要不是那樣的話就是「チフス」（傷寒）、「コレラ」（霍亂）等西洋的語詞。由此可知，固有的日本語的生病名詞是少的。所以在日語中，有關生理衛生方面的語彙是極爲單純的。看來，這是由於日本人厭惡談及有關人體的傾向的緣故。

以前美國人曾給我甜點，是像粉筆一樣的大小的，粉紅色的點心；而且還罩著玻璃紙。上面寫著Lady's Finger的字樣，意思是女性的手指，樣子的確和手指相似。如果是日本人的話，不是做夢也想不出這樣的名稱嗎？「這就是女人的手指」，會一邊說一邊大咬大嚼。日本人會把這看成香魚，會給它起個「多摩川」啦、「長良川」啦之類的名稱。

文學作品中的身體表現

我有個有趣的經驗。我的朋友中有位畫家。有一次這畫家打電話過來問道：「我現在打算畫光源氏。光源氏這個男子有留著鬍子嗎？」我被問住了。只是說：「唉呀！那……」畫家又說：「您從事日本文學四十年不知道那樣的事嗎」我感到很遺憾。我打電話問四十年來專門研究『源氏物語』的朋友。問他光源氏有留著鬍鬚嗎？他回答說：「誰知道那些蠢事！」又指出紫式部的『源氏物語』共寫了五十四卷，其中關於光源氏是什麼樣的面容一行也沒有。光源氏是個美男子。可是他的眼睛大啦，鼻子高啦，全都沒有寫。只是抽象的描述光源氏整體的美貌，或者借助見過光源氏的女人都為之傾倒等間接材料來表示。

我聽了那些之後，這可能是因為紫式部是個女性，所以不直接描寫肉體。可是實際上又不是如此，男作家也都是同樣的，比如『平家物語』這部血腥的戰爭故事是男性寫的，其中的那須與一上場是怎樣描寫的呢？與一是在尾島之戰中巧射扇靶的英雄。寫著「他當時是一個二十歲左右的男子漢」首先說年齡，緊接著就描寫他的服裝：「身著紅地錦綾戰袍，外罩淺黃金線甲冑……」長長一大段後，就說拿的是什麼樣的弓和箭。關於容貌一點也未描寫。這的確就是日本人的描寫手法。

看一下美國的小說『飄』，開頭詳細介紹主人公史卡電萊特·奧哈拉的父母、祖父、祖母詳細的介紹。祖父是哪一國人，髮色什

麼樣、膚色如何、眼珠怎麼樣？寫得詳詳細細。我們到這些地方都不看，跳過去往下讀，那是美國的描寫手法。這就是美國人和日本人的區別之所在。日本人是把服裝列爲重點描寫對象的。

譬如在日語裏有「すがた」（姿態）這個詞，一說到「花嫁姿」（新娘的打扮）、「あで姿」（艷麗的姿態）」、「うしろ姿」（背影）。我就感覺這些詞特別優美。如果譯成英語的話，會變成怎麼樣呢？就是 figure，在英語中 figure 僅是人的裸體姿態。日語中的「姿」並不是如此的。我聽說人們都認爲日本的和服是世界上最美麗的衣服，所以穿上和服的整個姿態才是日語中的「姿」之意。日語的美，在這些地方不是也有嗎？

表示身體動作的語彙

關於表示人體動作的語彙方面，日語是單純的。在這點方面，和中國語或英語都有很大的不同。

比如翻開「漢和辭典」的「見」部首處，首先有代表部首的「見」字，這裏排列了很多漢字：「視」、「覘」、「觀」、「覽」……等等都可讀爲ミル（看），在日語中不大能用其他一個動詞表達。

還有就是「トブ」（飛或跳）一詞，英詞中分爲jump和fly。日語中雖有「ハネル」（跳）一詞，但仍還是說「トブ」。也就是，鳥飛是「トブ」，兔子跳也是「トブ」。此外有的地方把快跑也說成「トブ」。中學的體操時間「とべ」時，學生們由於亂蹦亂跳，反而會受到訓斥。

在中國語裏關於「もつ」（持）這個詞，可用很多漢字來表示。手字旁的字很多，但都各有各的意思。所有，掛在胳臂上、用手拿著、雙手捧著、掛在身上、雙手夾著拿、用手提著、用手端著」，和日語極不相同。那麼日語是不是不方便呢？就不能表現這

些動作了呢？我看也不能這樣說。

　　日語裏關於動詞雖然比較草率的，但動詞前可加各種各樣的擬態詞來詳細表達動作的各種狀態。如「見る」就有「チラッと見る」（瞥了一眼），「ジッと見る」（目不轉睛地看），「ジロジロと見る」（目不轉睛地看）；「歩く」就有「テクテク歩く」（一步一步地走）、「スタスタ歩く」（急促地行走）、「ブラブラ歩く」（漫步）、「トボトボ歩く」（步履蹣跚）；形容美人走法則是「シャナリシャナリ歩く」（裝模作樣的走）。

　　仔細想看看，不只是表示了動作的不同，也形容出動作者的態度和心情。這一點可算是日語的一大特色吧！

表示感覺感情之差的語彙

　　我把日語裏的擬態語再推進一步，創造了一個詞叫"擬情語"，如：「クヨクヨ心配している」（提心吊膽），「クヨクヨ」是表示擔心者的心情。用「クヨクヨ」這樣的聲響來表現在人間的心情貼切有趣。「イライラしながら待っている」（焦躁不安地等待）、「ムカムカしきた」（怒火大發）等這類語詞還有很多。這樣的語詞對那些還未熟知日語的外國人來說恐怕是無從理解的。有這類「擬情語」的語言在世界上恐怕也是很少的。

　　我所服務的上智大學裏有位西班牙的康多神父，有一次他說在日語裏的「氣」這句話這實在是很難的，「気が重い」（心情沉重）、「気がめいる」（發愁）、「気がきく」（機靈、麻俐）、「気がとがめる」（於心不安）、「気をかねる」（顧忌客氣）、「気をまわす」（猜疑、多心）……如此地細微的使用方法，西班牙人無論如何也不會使用的。可是日語中這種語詞卻是很多的。

　　記得高橋義孝先生曾說：「自己的工作是把德國的作品譯成日語，這是非常愉快的工作」。之所以這麼說，是因為日語裏有豐富

的表示內心活動的語彙，所以自己讀德國的文學作品時，不論什麼樣的德國人的細微的內心活動都能用日語恰如其分地翻譯出來。據他說除了某些描寫戀愛情景的內心活動較難翻譯之外，都能用日語表達出來。

日本人自古以來，就被認為是知恥的民族。由於是知恥的民族，所以就有很多和害羞的這句話有關的語言。如「恥ずかしい」（害羞）、「きまりが悪い」（不好意思）、「間が悪い」（臉發燒）、「てれくさい」（難為情）……是非常微妙的。還有表示女性態度的「恥じらう」（低下頭去）這句話和「てれる」（面紅耳赤），像這樣的一些語詞向外國人說明是很困難的。

因此，日語在生理作用方面的表現是馬馬虎虎的，在心理作用方面的表現是詳加規定的語言。

5. 有關家庭和社會的語彙

和「家」密切的語彙

在日本的社會裏「家」是非常重要的，比起個人來是擁有很大的力量。

譬如，現在變得稍微少了一點，在結婚的喜帖上與其說寫的是「鈴木太郎」和「田中花子」的婚禮，倒不如說寫的是「鈴木家和田中家聯姻……」而來參加喜宴的客人的賀詞中也是：「祝兩家繁榮昌盛……」。

即使現在也能看到那樣情況的是墳墓。要是在美國的話是墓碑是刻寫「約翰‧史密斯先生之墓」，而日本是「歷代祖先之墓」或「渡邊家之墓」。宗教等方面與其是由個人決定的，倒不如說是按家來規定的。新娘子到了婆家馬上得改變宗教信仰，是很平常的。

因為日本是這樣的以「家」為單位，所在日本語言中有很多和「家」有密切的語詞，如「婿」和「媳婦」，稍微想一下好像是夫和妻相同的，丈夫是對妻子而言的；妻子是對丈夫而言的，可是實際上「婿」是指入贅來到那家的嗣子，「嫁」是為那家生兒育女，傳宗接代而來的。因而和女婿相對應的詞不是「嫁」而是「舅」（岳父），對「嫁」來說是「姑」（婆婆）。在英語、法語、德語中沒有相當於這種「婿」和「嫁」的語詞。據說西班牙語中和葡萄牙語中有這類語詞，大概南歐地方可能有著和日本相類似的家族制度。英語中沒有和岳父相對應的單語，而使用和義父相同意義的father in law。

在日本人之間的寒喧用語中有歐美人認為不可思議，那就是向別人的妻子問：「還沒有孩子嗎？」據說這種寒喧有些不禮貌，但在日本人看來，是擔心是否有了後代了呢？這樣的意思的語詞。

幕府末年，勝安房等許多幕府官員乘「咸臨丸」號船到美國去。在美國所見所聞感到驚奇，當全體人員拜謁喬治・華盛頓墓時，那時有位官員問道：「現在華盛頓的子孫在做什麼呢？」沒有一個人知道。於是又接著問：「華盛頓的兒子怎麼了？」又是一個「不知道」幕府官員全員都嚇了一跳。如果在我國，比如，戰國時代的武田的後代怎樣，上杉……毛利……的後代如何，大體都瞭解。據說，他們不由得批評起美國人對「家」漠不關心的態度。

表示家屬關係的語彙

在日語裏，家屬之間關係方面的稱呼方法並不是那樣地詳細。這是因為不是大家族制度的緣故。中國是比較複雜的，在日語裏「おば」這句話，中國語就有如下的區別：

姑母——父親的姐妹；伯母——父親的哥哥的妻子；叔母——父親的弟弟的妻子；姨母——母親的姐妹；舅母——母親的兄弟的妻子。

　　據來到日本的嚴安先生說，中國的小孩，從小時候跟母親逐一地學會了區分這些稱呼。

　　日語的「姉」在相對的漢語中有「姊姊」和「大姨子」兩個意思，這是要把自己的姊姊和妻子的姊姊的區別。「表兄弟」的話，中國語裏更麻煩。父親的兄弟的孩子年紀大於自己的是堂兄、堂姐，年紀小於自己的稱堂弟、堂妹；母親的姊妹的孩子比自己年長的稱姨兄、姨姐，比自己年小的稱姨弟、姨妹。也有稱「姨表兄」、「姨表姐」，「姨表弟」、「姨表妹」的。再細分起來，姑母的孩子稱爲姑表兄、姑表姐、姑表弟、姑表妹。母親的弟兄們的孩子，則又有表兄、表弟、表姐、表妹。據說全部有十二種區別。

　　爲什麼會有這樣的區別呢？和日本不同，在中國同姓的親屬是不能互相結婚的。區別是叔伯的孩子，還是姑姑的孩子是非常重要的。父親的兄弟的孩子的話是不能結婚的。父親的姐妹的孩子已經改姓，則可以結婚。

　　這是東洋語言中一般的事情。蒙古語也是如此。印度語──印度人雖然原來是歐洲的民族，但在印度語裏也有同樣的區別。父親方面的祖父祖母和母親方面的祖父祖母是不同的。姐姐的丈夫和自己丈夫的哥哥的叫法都不同。父親的哥哥和父親的弟弟的稱呼各異。日本在這點上是非常簡單的，倒不如說是和歐洲相似。

　　日本大體是夫婦和孩子是家庭的中心，特別是孩子是家庭中心這點很有趣的。例如：在只有夫婦二人的時候，太太稱丈夫爲「您」；有了孩子之後，不知不覺地便把「您」改爲「爸爸」。我最近有了小孫子就被稱爲「爺爺」啦！聽了之後有些不大舒服。這種以一家中最小的孩子爲中心來改變稱呼的作法完全是日本式的。

內外分開的表現

　　離開「家」再來看一下整個日本社會。所謂的日本社會全體像

是一個「家」。川島武宜有『日本社會的家屬的構成』這本名著書中用的「國鉄一家」、「在我們的公司」等，能用日本獨自的語言和表達方式。對於不是自己所屬的公司要用「お宅」（貴處）加以區別使用。這是將自己服務的地方看成是自己的一個家的傾向。

然後是中根千枝的『縱向社會的人的關係』，這本書中也有這類的說法。如日本人自我介紹的時候，不說自己的職務，而說公司的名字。例如不說自己在做行政工作，或技術工作；開車的，還是看門的警衛，而是說自己在某個公司服務。這種作法也是對公司的「家意識」的表現。

在日本，不論是家庭，還是社會都把自己的伙伴和伙伴以外的人嚴格區別開來，在語言表現上有「他聞（をはばかる）」（怕人聽見）、「他見（を許さぬ）」（不許給別人看見）、「內談」（秘密談）、「內分（にします）」（不公開）、「內定（した）」（已內定了）等說法。並列的兩個漢字，都是音讀，感到像是中國的語彙。但據說中國語裏卻沒有這樣的語詞，全都是日本造的。

我們經常用「他人」或「よそ」（別人家）這樣的語詞。他人——在中國也有「他人」這種說法，但沒有日語中的「他人」那樣疏遠的感覺。如果把「よそ」譯成英語的話，是 another place 吧。但也沒有像日語的那種冷冰冰的感覺。日語中的「他人」和「よそ」，使自己和別人區分得十分明確。

所謂的「世間」這雖然和「社会」相似，但所受到的感覺不同。「世間に出て笑われる」（在外邊會被人家笑的）這樣的使用方法。英語 society 這句話在明治時期從歐洲傳入日本，當時沒有辦法譯成日語。日語雖有「世間」這句話，但並不同意，就是在這種情況下創造了「社会」這個詞。

日本的東西和外國的東西

　　日本人對於自己的伙伴，鄉土的意識十分強烈。因此而產生了日本獨特的縣人會（同鄉會）這種的組織。夏天的甲子園的高中棒球比賽之所以博得人們的歡迎，也是和鄉土結合在一起的。相撲選手在電視上出場時，除介紹屬於誰的門徒外，還要介紹是××縣出生的。這是日本人的嗜好。再把嗜好擴大一點，就構成了把日本和它以外的國家嚴加區別。「和食」、「和服」都是把日本的和外國的加以一一區別的傾向。「邦樂」、「邦舞」、「國史」、「國語」……。這裏「国語」這句話在日本即使是小孩子都使用的極為普遍的語言。依照佐佐木達博士的說法，如果把它譯成英語，應該是 national　language，但在英語中聽起來卻很生硬，只有在專業性強的書刊中才會出現這個詞。

　　在日本經常用片假名來表記外來語。換言之，外來語是從別處來的語詞，所以特意用不同的字來寫的習慣。這種習慣也是日本式的。我想別的國家是不會這樣做的。

日本人的「旅行」意識

　　日本人是如此強烈的區別內外，親內疏外。因此，在「旅」這個語詞表現出日本人特殊的感情。也就是到別處去，到別的世界去的一種感覺。這裏有寂寞、心中不安、特別的感受。我曾經去了夏威夷大學，在那裏偶而談到了芭蕉的『奧の細道』。芭蕉每當啓程時，總是感傷惆悵難以離去，弟子們也都很悲傷，芭蕉邊嗚嗚地哭著邊踏上旅途的樣子。美國的學生舉手問道：「老師，為什麼這個人非旅行不可呢？」「也並不是非旅行不可，而是想去旅行才去的。」我這樣說的時候又再問道：「那為什麼那麼悲傷呢？」我又說，「日本人就是有一種要在旅行中感受寂寞心中不安，再加上旅行的樂趣」。但這個學生半信半疑。事後一問才知道美國人所謂的

「旅」（出外旅行），只有兩種，一是愉快的旅行，一是勉勉強強的事務性出差，而根本沒有什麼玩味內心世界的旅行。日本的紀行文學，如『奧の細道』中所描述的觸景生情，內心世界的孤寂、感傷才是旅行文學的基調。

如此地從這裏可以感到「旅」的的確確是日本樣式的單語。要是外出旅行，就會想家，這時就有「懷しい」（懷念），而這個語詞在歐洲的語言中是沒有的。德國人克拉烏斯・菲夏在『言葉』雜誌上曾寫道，如把「なつかしい」譯成德語的話，得把「それについて喜ぶ」（對某事物的喜悅）和「思い出す」（想起）兩個語詞組合在一起，否則無法表現日本的「懷しい」。假設今後不准日本人使用日語，而只用歐洲語言的話，那時日本人最想使用的日語語彙就是「懷しい」吧！

聽電影界的人士說，在日本輸入外國的電影，要翻譯片名時，有個訣竅。比如「望鄉」這部影片，原來電影的片名是「ペペルモコ」。要是用「ペペルモコ」對日本人沒有吸引力。由於取名為「望鄉」——眷戀故鄉——大大地吸引了觀眾。還有「サマータイム」（仲夏季節）也十分乏味，遂譯為「旅情」，也聚集了很多觀眾，因為這些片名都是日本人喜歡的語詞。

由上下階層所產生的語彙

大家都認為這也是日本社會的最大特色，那就是上下階層區分得非常清楚。這被指責為是封建的色彩，雖然在現在有所緩和，但是有一部分還殘留著。因為這樣的關係，在日語裏就產生了各種的特色。最明顯的例子是，敬語的嚴格區別使用。這些我將在文法問題的時候才說。這裏先談談有關於由上下階級所產生的語彙，首先，關於家族關係的語彙中有「親に仕え」（侍奉雙親）、「男女別あり」（男女有別）、「兄弟序あり」（長幼有序）。就以「兄」、「弟」這個語詞為例，這個語詞在英語裏有older brother，

即「年長」這個詞和「男孩子的弟兄」這個詞組合在一起才是「兄」的意思。elder sister——是年長的姊妹，也不得不用兩個語詞組合起來來表示。日語的「兄」、「姊」等詞包含著年長年少的要素。歐洲的家屬關係詞彙比日本缺乏年長年幼的觀念。但是在中國，也是有這樣的語詞。

在日本對於年長的人用「仕える」（侍奉）、「甘える」（撒嬌）；另一方面，對年少的人則用「かわいがる」（疼愛）或「命令する」（命令）等詞，這樣的說法就是反映了上下觀念。例如對「哥哥」稱呼有「お兄さま」、「兄さん」、「兄ちゃん」、「兄上」、「兄貴」……等等有很多。另外，對別人的哥哥也有時候用「ご令兄」這個語詞。「姊姊」的稱呼有「お姉さま」、「姉ちゃん」、「姉上」……也是多種多樣。中國和日本是相同的，「哥哥」相當於「兄貴」、「姐姐」相當於「姉貴」、「姉ちゃん」吧！

日本人向歐洲人介紹自己的家屬時經常用，「這是長子」、「這是次子」這樣的語詞。外國人對此感到驚奇，認為沒有必要詳細說明長子或次子。但是對日本人來說年長、年幼是非常重要的。

土居健郎先生的『甘えの構造』（撒嬌的結構）是一本非常了不起的書，對種種的語詞作了詳細的考證。比如「甘える」（撒嬌）、「すねる」（乖戾）、「ひがむ」（偏頗）……等語詞都出現了。「ひねくれる」（乖癖）、「ねだる」（死氣白賴的要求）、「せびる」（央求、硬要）……這些都是日本式的語詞。我認為這些詞都是由日本的兄弟、姊妹關係而產生的詞。據土居先生說，有一位美國人和日本人在談話時，說了一句「この子はちっとも甘えませんでした。」（這個孩子一點也沒有撒嬌）。這句話只有「甘える」是用日語說的，其他都是用英語說的。「甘える」一詞只能用日語，看來這的確是在日本家族和社會中所產生的日本語。

有關「身分」的語彙

　　日本的社會正如人們經常說的，長期間，上下階級的區分很嚴格。從前有「士農工商」階級。軍隊中上下階級的區別更嚴格。即使是現在，好像相撲界的也很嚴格。他們分爲橫綱、大關、關脇，或者根據幕內或是十兩的級別，各有不同的待遇。

　　由這些可反映出日語中相當於wife（妻子）這個語辭的豐富，我們可以舉例。「女房」、「家內」、「細君」、「奧さま」「おかみさま」、「奧方」、「かかあ」、「山の神」，其次也有人說「うちのかあちゃん」甚至只有日本語還不夠，把外來語也用上，也有人說「うちのワイフ」、「うちのフラウ」等。好像要增加多少就能增加多少的樣子。

　　在日語中極爲普通的語詞「先輩」、「後輩」這樣的語詞據說在別的國家的語言中是沒有的。

　　長谷川潔先生在『日語和英語』的書中，在考慮如何把「後輩」一詞譯成英語時，大傷腦筋，最後才譯作 those coming after them，其意是「在他們之後來的人們」。這意思當然沒錯，但也太長了。然而非如此長的句子就難以表達日語的「後輩」的意思。

　　美國的女社會學家陸斯・蓓耐蒂庫特在她的『菊和刀』的書中，把日本人的守「分」認爲是：「認定自己是位置屬於哪個階層，並且按此行事」。「分」和「分際」……的確是日本式的單語。所謂的「さすがに」就是讚揚守本分的一句話。所謂的「橫綱」是強的意思。如發揮了其「橫綱」的作用，則用稱讚的語詞「さすがに」或「橫綱だけあって」（不愧是橫綱）。如「橫綱」沒有守「分」而輸了，就用「橫綱のくせに」（什麼橫綱）加以輕視。如果下邊的人和上級一樣舉止相同也會被指責爲「なまいき」（傲氣）「年甲斐もなく」、「いい年をして」等是指人應採取和自己年齡相應的行爲。日本人常用的「はで」（華麗）、「じみ」

（樸質）等詞，其背後包含著品評一個人的衣著是否同年齡相符合的意思。

交際關係的詞彙

　　日本社會的特色之一，就是日本人在交往中重視物品的授受。這可以說是感恩精神的表現吧！因此日本有關授受的語彙非常豐富。舉例來看，東西的授受用，「やる」、「くれる」、「もらう」、「あたえる」、「ゆずる」、「よこす」、「うけとる」、「あげる」、「さしあげる」、「おくる」等有很多。還有對上的「たてまつる」、「みつぐ」、「献上する」、對下的「さずける」、「ほどこす」、「めぐむ」等。而且根據場合的不同，用授受方面的語彙也不同。「みやげ」（禮物）、「見舞」（探望、慰問禮物）、「チップ」（小費）、「お年玉」（壓歲錢）、「お中元」、「お歳暮」、「つけとどけ」（過年過節時的禮物）、おしるし（紀念品）……還可以製造出許許多多新的語詞。

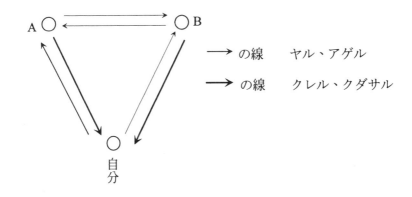

日語的ヤル和クレル

而我認爲有趣的是，由說話人的方式不同用語也不同。自己給別人用「あげた」或「やった」從對方接受時用「くれた」或「下さった」爲什麼這樣區別呢？日語是按主語的區別來使用動詞，和法語及德語是不同的。但這也只限於在表示物品的授受時所使用的動詞，是這樣的變化。稍微想一下，這種用詞的確不容易，容易被認爲日本人是小氣的；東西離開了自己是吃了虧，到了自己手裏佔了便宜，算盤打得精。其實並不是這樣的。他人A給他人B，或他人B給他人A，也用あげる。「AさんがBさんに果物をあげた（A給了B水果），「BさんがAさんにお返しとして果物をあげた」（B回贈給A水果）。這和自己吃虧和別人之間的授受是不加以區別的。所要區別的只是在從別人那裏接受了東西時用「下さった」或「くれた」。對此，蓓耐蒂庫特先生作了個很有意思的說明：「要讓一個日本人痛苦很簡單，只要無緣無故地給他一點東西，那個人就會永遠痛苦的」。據說這就是日本人的特色。

確實是這樣的。我以前乘三等車，在吃著橘子的時候，坐在前面的小女孩好像很想要的樣子，我就給她一個，小女孩滿臉高興，但她的母親卻很傷腦筋，不久之後這位母親便在下一站買了圓圓丸子之類的點心，給了我一個之後，似乎才心安了。日本人接受了別人的東西非常不好受，由此可以想像日本人是不輕易送給人家東西的，因爲送東西時會想：「要是把這個給了你的話，你就會想必需要還禮吧！」這樣會讓對方造成是一種負擔。

爲了緩和這種關係在給他人東西時，就產生了日本式的客套話。比如「まことにつまらないものですが」（實在是不值錢的東西）像這樣的說法。美國人聽了則會說，爲什麼知道是不值錢的東西還要帶來呢？日本人這時所想的是，不是值錢的東西，請不必還禮了。「何もございませんが召し上がって下さい」（什麼也沒有，請吃）的說法，是雖然你吃了也像沒吃一樣的意思。是表現出日本人的親切的心。

6. 單字的形成方法

擬聲語和擬態語

在這裏想說，日語中的新單字出現的時候如何形成的，並從這點來探討日語的特點。

第一要說的是，非概念的而是直觀性的表現。其代表是以前稍微談到的擬聲語和擬態語。擬聲語即把外界的音聲加以形容，如下雨聲是「ザアザア」（嘩嘩）這樣的形容，打雷聲是「ゴロゴロ」（轟隆轟隆）這樣的形容。擬態語即把不發聲的東西形容為像發聲一樣時所用的語詞，如形容星星用「キラキラ」（亮晶晶），形容新的金幣則用「ピカピカ」（光閃閃）。

這樣的擬聲語和擬態語當然在其它國家裏也有，特別是東南亞的語言居多。歐洲的語言中也有，如英語中犬吠聲是「バワワウ」，時鐘走的聲音是「ティックタック」，這就是擬聲語的例子。相對的擬態語好像是很少的樣子。如形容閃電則用「ジッグザック」，是個非常恰當的擬態語。獨協大學的霜崎實先生告訴我說，還有「ディングルダングル」也是擬態語，是比喻物體搖晃的樣子。然而法語裏卻一個擬態語也沒有。

日語的擬聲語、擬態語的用途極廣，極豐富，特別是生硬的文章也可用，和英語是不同的，比如：「はっきり區別する」（明確的區別），「シッカリした考え」（高明的想法）。而且日語裏還在繼續不斷地發明新的擬態語。

能創作新詞

我以前曾編寫過中學的國語教科書，當時認為俳壇的元老荻原井泉水的『富士登山』的文章很好，就收入了教科書，在編教師用

的參考書時，碰上了意義不明的語詞，那是從富士山的山頂看朝陽的場面，「日がのぼる寸前に東の空がかんがりと赤くなった」。（朝陽升起之前東方的天空由魚腹色變紅了。）這個「かんがり」在辭典裏查不到，於是直接用信向荻原先生請教，這麼一來，收到了一封長信，信中寫道：說實在的「您問得很好，所謂的「かんがり」是不比「こんがり」（焦黃）時熱，比「ほんのり」（微明）時亮。是我考慮之後創造的語言。」他順便還談到了以前曾寫過『初夏的奈良』一文，其中有形容孟宗竹低垂在寺廟的院牆上的姿態用「わっさり」這也是他發明的。但有些人竟任意使用，這使他很氣忿。

這種新的擬態語，我們一聽就懂。是要注意的是，本來在日語一個一個的音表示怎樣的意思是有規定的。如か行表示乾的感覺，硬的感覺，「カサカサ」（乾燥）「カラカラ」（乾巴巴）「キチッ」（蹦硬）；サ行則表示爽快感、濕潤感，「サラサラ」（莎莎、簌簌的感覺）シトシト（淅瀝淅瀝）；ナ行則表示滑溜溜感，黏結感、濕漉漉感、粘乎乎感。ヌルヌル（黏滑的），ネバネバ（黏黏糊糊的）；ハ行則表示輕輕地，「ヒラヒラ」（輕飄飄）、「フワフワ」（鬆軟）。

還有清音和濁音的不同效果也不一樣，清音給人的感覺是小、美、快的感覺。「コロコロ」給人感覺是水珠那樣小的東西在荷葉上滾動感。「ゴロゴロ」給人感覺大、笨、慢。我們要是在草坪上打滾，只能用「ゴロゴロ」。「キラキラ」（亮晶晶）寶石閃爍的光輝，「ギラギラ」（晃眼）是用來形容蝮蛇的眼睛閃的光。

在我們的鄰國的韓國，韓國語中也有給人與此相同的感覺，韓國語是用元音來表示。比如「ホワン・ハダ」，所謂的「ハダ」相等於日語的「する」，「ホワン・ハダ」就是「パット明い」（頓時明亮）；如改成「ホヲン・ハダ」就是「ぼんやり明い」（微亮）。如說「ドングドング」，是表示比較小而輕旳東西飄浮的樣

子，「ドゥングドゥング」是指大而重的東西飄浮的樣子。這和日語有相同的韻味。

日語中並不是也沒有使用元音（母音）的，如「ア」元音（母音）是表示大的東西，粗糙的東西。和「ザーッと」（嘩啦）「ガバッと」（呼啦）的場合協調；「イ」表示小的感覺的東西，如「チビッと」（略微）、「チンマリ」（微小）都含有小的意思；「エ」是不受歡迎的沒有品質的感覺。「ヘナヘナ」（低三下四）啦，「セカセカ」（急促）是含有エ音的擬態語；「エ」段的擬態語是沒有褒意的語詞，我曾經在有空時拼命的想，只發現了二個，其中之一是什麼我忘了，另一個是「メキメキ」可用「メキメキ上達する」（進步顯著）含有褒意。仔細一想也是從「メキメキ禿げてきた」（頭禿得很快）演變出來的。如果用「メッキリ」的話，就成了「メッキリふけこんだ」（明顯見老）。這種用法是很普通的。

所謂的日語的擬態語實在是經過一番細緻的琢磨後創造出來的，比如形容「滾動」的，就有很多的說法。「コロコロ」——這是持續滾動，「コロリ」——是滾動一次就停止的樣子，「コロッ」——是開始滾動的狀態，「コロリコロリ」——是滾了又停，滾了又停的狀態，「コロンコロン」——是有旋律的滾去，「コロリンコ」——是滾動一次就停下來，之後不像會再滾了。以前喜劇演員東尼谷亂用「コロリンコ」或「ペッタリコ」這兩個詞來描述，讓大家笑。就是，不管用在什麼樣的地方都用相同語詞來表現，我真擔心他這樣做，會把日語的樂趣變沒有了。

擁有具體形象的日語

其次我們可以說日語的單語的創造方法不是抽象的，而是具體的傾向。

大概在日語的表現中，最抽象的是數字，可是日本人是討厭數

字，比如，書有二冊、三冊整套的時候；歐洲是標為第一卷、第二卷、第三卷，而日本則分為上卷、中卷、下卷避開數字。這是要比數字更為具體，更好的例子：到鰻魚飯店吃飯時，雅座房間的名稱依次叫作「松」「竹」「梅」，用植物名稱來表示。我想這就是所謂的日本式的。

旅館等也是如此的，西洋式的大飯店的房間號碼是「201，202……」，日本式的旅館則用「藤の間」、「芙蓉の間」等具體的語詞。這正如像日本的花紙牌和歐洲的撲克牌不一樣是相同的。撲克牌每張都標有數字，日本花紙牌本來也有二十點牌和十點牌，照理說應和數字有關係，但花紙牌上根本沒有寫數字。這是日本人討厭數字的表現。

只有一個例外，日本的男孩的名字經常附用數字，長男是一郎，次子是二郎，三子是三郎。這是日本人重視家，重視「長幼有序」的心理的表現。棒球運動員的背後號數好像是美國發明的。但很難想像的是日本相撲的橫綱級力士也在背上貼上「1」這樣的數字。

我想是相同的精神，日本的諺語和歐洲的諺語相比更為具體。比如「チリも積もれば山となる」（積少成多），英語則是「Many a pickle makes a mickle.」，意即很多小東西集在一起就變大了。日本的諺語，好像是看得見的。「たで食う虫も好きずき」（人各有各的口味），英語是：「Everyone to his taste.」像這樣的太抽象了。

從動植物名稱和大自然中來的語彙

在日語裏有「ミミズバレ」（像蚯蚓一樣腫得細長發紅），「ゴボウ抜き」（有如拔牛蒡不費吹灰之力）的說法。拿具體的東西來作比喻，有趣的說法有很多。在地裏拔起牛蒡來和拔其他的東西不一樣，牛蒡葉大，隨便一拔即可出土。把它拿來做為例子非常

的好，或者「目白押し」（一個挨一個）、「鵜呑み」（囫圇吞棗）把狀況表現得很好的語詞有很多。

在植物名字中，有些名字是很有趣的。比如「サルノコシカケ」實際上並不是猴子的凳子，而是想像猴子肯定會坐上去，起的名字「キツネノタイマツ」狐狸不需要火把，但把狐狸和火把連在一起，取的名字，充分體現了這種植物古裏古怪又多少帶點毒性。「オニノヤガラ」是一種有一天突然從山區地裏鑽出來的寄生植物。人們想像，這種植物是鬼在夜間插在地上的箭杆。或是平常叫做「イグサ」（蘭草）的植物，有的地方也叫「サギノシリサシ」。「サギ」（鷺），時常直立在沼澤地裏，給人一種感覺，如果鷺稍不注意就刺到了屁股。此外還有一種叫「ジゴクノカマノフタ」擁有外號的植物。其意是廣生在地面，難以拔起的意思。

日語的單語，一般大多取於自然界的景象。比如日本的點心「あられ」、「あわ雪」、「時雨」、「鹿の子」、「洲浜」——粉紅色的甜點，感覺到看起來好像是波浪拍打岸邊。「松風」「もなか」——所謂的「もなか」。本意是十五晚上的月亮，原本是圓形的心，如今也有四方形的了。或是「春雨」「白滝」，「落雁」等都是在其中。

相撲的力士們的名字有一部分也使用自然界的名稱，「北の湖」，「三重の海」、「增位山」、「天ノ山」——以山和海命名。「若乃花」、「貴ノ花」等都是日本人所喜愛的名字。假如把這譯成英語 A flower of youth，美國人不會想像到這是力士的名字吧！

像這樣日本人很喜歡從自然界中取名字。相反的，卻不怎麼喜歡用人來做為物的名稱。在瑞士有的山取名叫少女，日本在箱根倒也有座山叫乙女峠，西歐認為那座山本身就是一位女性，可是乙女峠可不是把山峰當成少女，據說以前有位孝順的女兒，爬上這個山峰為父母親去探藥。從這樣的傳說中命名的。戰後不久，駐留在日

本的美國人把襲擊日本的颱風命名爲卡沙琳颱風、蓓蒂颱風。這些都取女性的名字。這些都不合日本人的口味，所以後來的命名便成爲狩野川颱風或伊勢灣颱風了。「姊妹城市」、「姊妹語言」等說法都不是日本式的。「處女林」，「處女詩集」等，在日本人的腦海裏並不認爲這指的是女性。可以說，日本人是不喜歡這種命名方法的。

生硬的日語詞

以上所舉的命名方法，是在日本人之間自然而然地產生的名字。除此之外，其實，日語中也有一種所謂的官廳用語——上面的人所取的名稱。這是和以前完全不同性質的，這是難的生硬的，一般人稱爲「紅帽」（車站搬運行李的人），官廳用語則稱「手荷物運搬人」；「古本屋」（舊書店）則稱「古書籍商」。

有一天，我家的電話機故障了，撥號盤變得不轉了，於是請電話局來修。雖然發生了故障，但不知發生故障的部分叫什麼名字，只好說是撥號盤的台。於是電話局的人就說「啊！是キョウタイ發生了故障」。キョウタイ……有「狂態」這樣的字，這怎麼會是「狂態」呢？之後問問看，才知應寫爲「筐体」。眞沒有想到！自己家裏每天使用著的東西，竟然還有這樣一個這麼難的名稱，連做夢都想不到吧！

我在小學時，有一根吊著的木頭，是一種爬上去從這頭走到那頭不准掉下來的運動器材。簡單稱這東西爲「浪木」就可以了，但還有個生硬的名稱叫「遊動圓木」。在體操中把抬腳跟曲膝稱叫「擧踵半屈膝」（きょうしょうはんくつしっ）。二年級時曾經被老師叫到「你，來這裏喊口令」，我喊出了擧踵，但把半屈膝喊成了「半クツシタ」（半截襪子）弄得哄堂大笑。所謂的「半屈膝」是怎麼回事，我不太明白。

在收音機廣播，經常成爲話題的，是農業用語，這種農業用語

眞難，我們聽著早晨的農家時間，出現了一點也聽不懂的語詞。比如「ハシュ」是撒種，但寫成「播種」。「施肥」即「上糞」的意思。最近農業發展有了一種邊施肥邊播種的機器，這麼一來叫做「施肥播種機」，說起來一不小心會咬到舌頭。「ヒコー」即「肥效」指肥料的效力。「分蘗」這個難寫的字也不過就是分了棵。把「割当」讀成「カツトー」眞是太難了。

即使語言不懂

　　林業用語方面也是相同的。因爲夏天東京炎熱，所以我在山梨縣北部盡頭的地方蓋了一間山中小屋，在那裏生活著，在那一帶和從事林業的人們交談時，對方突然冒出一句，「這一帶是セキアクリンチ。」「セキアクリンチ」是什麼呢，弄得我莫名其妙，我還以爲作了什麼壞事受了罰？一問字如何寫，才知道是「瘦悪林地」。於是我說：「那不就是禿山的意思嗎？」他回答說：「是禿山，可是要說成「瘦悪林地」。」我們說剪枝，當地人則說「枝条を伐採する」（砍伐枝條）。

　　醫學用語也很難。「ニキビ」（粉刺）醫學名詞是「尋常性痤瘡」。「オタフクカゼ」，是「流行性耳下炎」。蛀牙說是「齲齒」，「ミミアカ」（耳垢）是「耵聹」。

　　西田幾多郎博士的著作的書裏出現了「絶対矛盾の自己同一」（絕對矛盾的自我統一）像這樣非常難的語詞。或者戰爭中出現的「八紘一字」這樣的語詞這也是日本式的語詞吧！

　　看了夏目漱石的『少爺』那個叫少爺的那個人，即使他自己也不懂的語詞也在使用著。他給英語老師起了一個「うらなり」（蔓稍子瓜）的外號。並不是他懂「うらなり」這個詞才使用的。他指著穿著紅襯衣教務長說：「那是湯島的かげま（小相公）的孩子吧。」被山嵐問道：「湯島的かげま是什麼意思。」他不會說明。

姓名的命法

最後想談關於日本人的名字。日本人姓名中的名字，在日本有的是自由的無限制的。要是在歐洲的話，有規定有範例性。要從基督教的聖書和歷書上出現的聖人的哲言中取名，所以大致上都叫約翰、彼得大概都是一定的。日本人在這方面不受任何約束，非常自由。比如前外交大臣園田外相名字寫「直」，讀音是「スナオ」，是很少見的名字。其夫人叫園田天光光。「天光光」讀爲「ミツコ」。不論起多麼難的名字都是自由的。京都的造園家重森先生有五個兒子，其名是長男「完途」（音同康德）、次男「弘淹」（音同科恩）、以下是「由郷（音同雨果）、「執氏」（音同歌德）、「貝崙」（音同拜倫）等。名字的讀音都和外國的哲學家、詩人的姓相同，這在日本是允許的。

不過在歐洲人看來或許認爲是不可思議的是有些名字是男性、女性都用的字樣。如馨、操，男女兩方都用。一聽到叫「馨」，認爲會來一位多麼漂亮的女人，卻來了一位滿臉鬍子的壯男人，這種失望的事情，在歐洲是不會發生的。在蘇聯，奇特的是夫妻的姓不一樣。比如男方是巴布洛夫，妻子則是巴布洛娃。丈夫是薛苗諾夫，妻子是薛苗諾娃。要是在日本的話一家都用丈夫的姓。

在命名方法與眾不同的是中國。中國是大家族制。首先是兄弟間用同一個字，周作人的哥哥周樹人，弟弟周建人，這如果是更大的家族就更複雜了。

我看一看『京江郭氏家譜』這裏除家麒和鳳苞的名字不相同以外，家麒的孩子「中孚」用中字，其他的兄弟也都有「中」字，再下一代都帶個「良」字。是本家規定字，其它分支仿這個字。我想這大概是，在本家定下了一個字後，其他分支也就隨著沿用了吧！

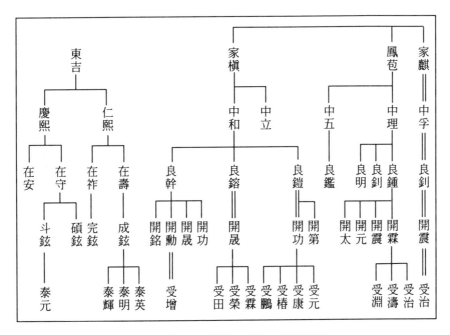

中國（右）和韓國（左）家譜圖例

家和名

到韓國就更加複雜。島村修治先生的『外國人姓名』這本書中
載有南朝鮮人家譜的部分，這和中國相同，兄弟之間用相同的一個
字，之外，仔細一看又發現卻是按「木火土金水」順序的。東吉的
「東」是本，下邊是仁熙和慶熙的「熙」字是火部首裏的字。再下
邊是「在」，在字從土字邊。接著是「鉉」，是金字旁，最後的泰
英的「泰」字下邊是水字。所以是按木火土金水的順序排列的。有
些人家是按「甲乙丙丁戊……」的順序的。

在日本，比如要是看北條氏家譜的話，時政，義時，泰時，代
代都有同一個「時」字。我想這真是日本式的表達方式。因為日本
重視這個家，所以有著維護其代表「家」的字樣。

　　在日本還有和上面相同的事情，那就是有保留祖先姓名的傾向。如源、平、藤、橘。吉野源三郎的源字表示是源氏的子孫。杉浦明平及草野心平的平字表示是平家的子孫，本來是那樣的意思取的名字。另外還有吉字，如三人吉三，本來「吉」應寫作「橘」，（吉、橘發音相同）表示是橘氏的子孫。勘字是菅原家的子孫，伊那勘太郎就是。藤原的藤字好像不多，可是佐藤、伊藤在姓上取名藤字都表示是藤原氏的子孫。

北條氏家譜圖

V. 日語的文法

1. 日語和精密的表現

日語沒有文法嗎？

文法這個東西好像評價不好的樣子。二次世界大戰前，谷崎潤一郎先生在『文章讀本』裏寫著「爲了寫出好文章最好是不懂文法」；二次大戰後，哲學家森有正先生說：「日語沒有文法。」

然而，我的看法是日語有出色的文法，而且只有領略了它，才能寫出、說出正確的日語，好的日本語。

森先生所說的日語沒有文法指的是日語中沒有人稱的變化的問題。比如在法語「私は……である」（我是……）這樣的說的時候，法語是 Je suis；「おまえ……である」（你是……），法語是說 tu es；動詞——的變化。比如「学生だ」，就要加入 un etudiant。相對的。日語的「私は学生」。其後是加上「です」或「でございます」。要是用「あなた」的時候也是用「です」或「でございます」，以這樣的理由，說日語是沒有文法的。

但是，在日語裏也有因人稱不同而變化的動詞。比如：在授受方面使用的動詞，「私があなたに」（我給你）時用「あげる」；「あなたが私に」（你給我）這樣的時候用「くださる」。或是「私がいたします」或「あなたがなさいます」這樣的說法。這個絕不能弄錯說「私がなさいます」、「あなたがいたします」這樣的說也是奇怪的。換言之，這種情況下才有和法語相似的有人稱變化。而這也是日語的重要的文法。

日語中有依據人稱不同而變化

在日語的文法中，有因人稱的不同，而使用的語詞也不同的例子，那是在表現心理狀態方面有有趣的說法。比如說「悲しい」（悲傷的）的時候，英語裏在說「我」的時候是「I am sad」；說「你」的時候是「You are sad.」，「他」的時候是「He is sad.」，全都用相同的形態來說。可是日語卻不行。「私は悲しい」的說法是可以的；如果說「あなたは悲しい」或「あの人は悲しい」就是奇怪了。如果硬是要說的話，應把它改為疑問句，「あなたは悲しい？」而後面加上語詞，即「あの人は悲しいらしい」「あの人は悲しいのだ」這樣的說法才可以的。

這是為什麼呢？對日本人說來「あなた」或「あの人」都不是自己，別人是真的悲傷與否，自己是不知道的。所以「あなたは悲しい」，「あの人は悲しい」是不說的。例外的是，在小說的文章裏有「彼は悲しかった」的表現，在平時的語詞是不這麼說的。要是加上らしい，變成「悲しいらしい」這是可以說的。「あの人は悲しいのだ」這句話的意思有點微妙，這是普通歐美人難以理解的日語表現。所謂的「あの人は悲しいのだ」是什麼意思呢？並不是說那個人悲傷，而是指從該人寡言少語，吃的東西也少。解釋為他可能心中很悲傷吧！在這種情況下才用「彼は悲しいのだ」變成了加上「のだ」的形式。像這樣的不隨便胡亂地說。「彼は悲しい」這一點，反映了日語是理論的、嚴密的語言。這不是高尚的日語文法嗎？

在日語裏也有下列的說法「あなたは悲しそうだ」（你好像很悲傷的樣子），這是「悲しいらしく見える」（看起來好像很悲傷）的意思。「彼は悲しがっている」的「悲しがる」的意思是悲傷的樣子表露於外。

所以「私は悲しそうだ」或「私は悲しがる」是不能說的。因

爲自己是不知道自己擺出什麼樣的樣子讓人看的那樣的說法，日語是不說的。這也是日語文法的一部分。

外國語中有依據人稱不同而變化

　　人稱的變化在德語、法語等是很複雜的。英語不像德語、法語那樣的難。要是是德語，即使同樣是「愛」，"我"的時候是說 ich liebe，"你"的時候是說 du liebst，「他」的時候是說 er liebt ──「愛」的部分，都要變形體。

　　法語也是同樣的，「我愛」是 J'aime，「你愛」是 tu aimes，「我們愛」是 nous aimons 等種種的說法是不同的，我們接觸這樣的語言，認爲歐洲的語言是困難的。我們看語言學家所寫的書，在地球上像這樣的，「是誰？……做什麼？」因人稱的不同而一一變化的語言在地球上倒是很多的。

　　歐洲的語言大概都是依據，「誰、做什麼」，由於人稱的不同，而動詞要變化形態。英語不太變化，但是也有像 I am ……、You are ……啦！所以也是不同的。匈牙利、土耳其的語言，原來是亞洲系統的語言，在這點上和歐洲語言一樣的，依據人稱而有不同。這個在非洲語言也是如此，不論是南方或北方都是隨著人稱的不同而變的語言。即使人稱不同，動詞也不變化的語言，日語、韓國語、中國語、泰語、越南語、印度尼西亞語等等，主要都集中在東南亞地區。愛伊奴語也有著嚴格的人稱的區別。廣泛地分布在美洲大陸的印第安語這也大概是因人稱的變化而有動詞的變化。

　　有位蘇聯的作家，叫做康拉德，看了谷崎潤一郎先生的隨筆，在他的作品裡有「愛すればこそ」（正是因爲愛）這樣的戲曲，他非常敬佩谷崎潤一郎先生，對谷崎先生說，無論如何要把它譯成俄文。谷崎先生很高興的說「請」。過了一段時間之後，就有了問題，即標題的「愛すればこそ」必須譯成俄文，而譯成俄文就必須弄清愛的主語是「誰」，於是請教於谷崎先生，問他愛すれば是

「我」，還是「她」，或者是其他的「誰」，這使谷崎先生很爲難，於是回答說，誰都可以吧，反正是人嘛。康拉德聽後忙說，俄語中絕對沒有這種說法，日語竟然能有這樣的表達方式，日語是多麼神秘的語言哪！

單數形和複數形

從英語來看日語，日語的表達好像是不完整的。在英語裏，蛋有一個呢？還是兩個呢？說法是不同的。所謂的 an egg 是一個雞蛋，有二個以上的時候是 eggs 必需加個「s」，這個在歐洲的語言都是相同的。在日語裏比如學生這句話，一個的時候，就是「學生」，二個以上就是「学生たち」，用接尾詞「たち」以示區別。但也可不用接尾詞，而用其他語詞，比如：「きょうは学生が大勢やってきた」（今天學生來了好多），這樣說不能說是錯的，總之，日語在表示單數或複數的語詞，可以說要求並不是那麼嚴格的。

美國語言學家布羅克就日語的這一性質說，日本人是不是沒有數量的觀念呢？日語中數量的觀念，只是不在語詞中一一表現出來而已。

英語的數量這點相當的麻煩。報紙在處理報導偷竊消息時，在不清楚有幾個盜賊侵入某家時，必須寫成「the thief or the thieves,………」。這一點匈牙利語更爲有趣。所謂的匈牙利人是從亞洲移過去的民族，但在語言上和歐洲語言同樣的，有單數、複數的區別。但「盜賊」這樣的說法只使用單數的形態。要表示複數時就得在名詞前加數量詞，如「三人の泥棒」（三個盜賊），「三人の」是複數。是很明顯的。三人以上不用複數形式。這和日本人說的「大勢の学生」（很多學生）是相同的道理。

由於英語有單數複數的區別，所以有時就會發生一些困難的問題。葉司別魯先生的『文法原理』的書中，曾介紹說有名的作家也在數的方面也有錯。如：Ten is one and nine.（十是一與九的和。）

這樣的必需用複數「Ten are …」又如，Fools are my theme.（笨蛋們是我的題目）如作爲一個題目來研究，笨蛋一語應爲單數。德語也有難的地方。如把『一千零一夜』譯爲「tausend und eine nacht.」所謂的 eine 是單數；原來因爲一千零一夜所以應該是複數，但因 tausend 後面有個一個的 eine 所以成了單數形式。總覺得這個好像不太合乎理論的。

因爲日語有單數、複數的關係，所以把日本文學作品譯成英語時，就產生了各式各樣的麻煩。

我用千野榮一先生的書裏的芭蕉的句子「枯枝に烏のとまりけり秋の暮」（枯枝停烏鴉秋暮裏。）烏鴉在英語裏是單數還是複數，必須考慮來表現，到底是一隻還是二隻以上沒有說清楚，就算是一隻吧！「古池や蛙飛び込む水の音」（但聞古池裏青蛙跳水聲），這個青蛙也是一隻吧！那就譯爲 frog。石川啄木有名的。「東海の小島の磯の白砂に　我泣きぬれて蟹とたはむる」（東海小島海岸白沙上、我淚水潤濕與蟹戰）。這蟹是一隻呢？還是兩隻以上呢？眞傷腦筋！

大野晉先生這樣的說著，古時候在日語裏是有單數複數的區別吧。比如數日子時，「一日」說「ひとひ」，二日以上就說「ふつか」，「みっか」，「よっか」……，完全不同的形式。「か」是不是 days 的意思呢？日語在古時有單複數的區別，可能是因爲複雜而又難的緣故，把區別出複數的說法就作罷了。

擁有雙數的語言

據語言學家說：世界語言中有與眾不同的語言，除了區別單數、複數外，還要區別雙數的。換言之，被指的東西是一個的時候，二個的時候，三個的時候，把一個、二個、三個的都一一的加以區別的語言。區別雙數，最有名的是阿拉伯語。此外，歐洲的語言中的斯羅被尼亞語和立陶宛語等語言似乎也有這類區別。

更進一步的，語言之中也有擁有三數、四數的，也就是那種東西有三個的時候，要如何說？有四個的時候又要如何說，都有一一區別的表達方式的例子不多。聽說澳大利亞和新幾內亞的原住民的語言就有那樣的例子。其嚴密性是值得稱道，但實際上使用起則恐怕大爲不方便吧！

時態的區別和「た」的問題

在英語文法裏繁雜的還有一個那就是動詞的時態。人類的動作和自然現象是發生，在現在還是過去，一一的加以區別表示把這個稱爲時態的區別。比如：「他每天七點起床」，英語是，「He gets up at seven.」 使用現在式。「昨天六點起床了」，英語是，「He got up at six.」，使用不同的形式來表示。

在日語裏也有這類區別，「彼はいつも七時に起きる」（他經常七點起床）是表示現在的習慣。如果是昨天的話爲「彼はきのう六時に起きた」加上「た」的形式來表示過去。日語裏也有嚴密的時態區別。但也有人反對說「た」並不表示過去式。

讓那些反對的人來說的話，是有這樣的說法，要讓某人離開某場所的時候：「さあ，どいた，どいた。」（喂，讓開，讓開。）他們認爲這時被叫讓開的人並沒有讓開。這個「た」不是過去吧！

有時日本人說「そうそうあしたはぼくの誕生日だった。」（對了對了，明天是我的生日。），明天還沒有到，卻使用了「た」。這個時候「た」也並沒有表示過去！此外，「鼻のとがった人」（鼻子尖的人）的說法，如果經過整容手術從某一天鼻子尖起來，這個「た」是過去時；如果是指這個人的鼻子本來就是尖的，這裏的「た」更不能說是過去式。

然而，這個必須重新考慮一下，這些的「た」是特殊的。爲什麼呢？如比「そこをどいた，どいた」這樣說的時候，「た」不改變意思而說成「そこをどいた人」是不行的。「どいた人」的時候

「た」是過去的意思。命令的意義就消失了。「六時に起きた」，改爲「六時に起きた人」時，「た」的意思不變。「そこをどいた，どいた」中的「た」只能在斷句時用，不能做連體修飾，和「そうそうあしたぼくの誕生日だった」中的「た」是一樣的，不能說成：「ぼくの誕生日だったあした。」

　　所謂的「鼻のとがった人」剛好和這個相反「あの人は鼻がとがった」像這樣的，不能用在斷句上，要說，也只能說：「あの人は鼻がとがっている。」「鼻がとがった人」這個的「た」，也是特殊的「た」，可以說這個「た」也是「た」中特別的東西。

　　在英語也有比如「あなたは……するほうがいい」（你…做…比較好），是 You had better …這裏的 had 一點兒沒有過去時的意思，但歐美人絕不會作出 had 不是過去式等不知趣的說法。

　　考慮日本語中的「た」的意思的時候，最好是看它最標準的使用方法。比如「きのうぼくは六時に起きた」就是最標準的用法。也可說成「六時に起きたぼく」，這時是不能說「きのうぼく六時に起きる」。而必須說「六時に起きた」，無論如何，不使用「た」是不行的，這時「た」是清清楚楚表示過去式的記號。而「どいた，どいた」的「た」是表示命令的特別的例子。「誕生日だった」的「た」是表示想起的特別的例子。「鼻がとがった」的「た」是表示狀態的特別的例子，將這些例子做個整理就清楚了。

表示以前的「た」

　　除了上面所提到特別的「た」之外，還有一個特別的。這也仍然是只有在句子中間才能使用。「ジャンケンポンをして負けた人がおごることにしようじゃないか」（猜拳輸了的人請客）。有這樣的表達方法，這樣的時候，照理說還沒有猜拳，所以這個「た」並不是過去式的「た」。這個「た」是把「おごる」（請客）和「ジャンケンにまける」（輸拳）二個動作相比，與其說請客，倒

不如說先輸拳，所以這個「た」是表示「以前」的「た」。

　　日語的時態本來只有現在和過去兩種。由於「た」可表示「以前」，也能表示英語的過去完了的意思，比如日語中「せっかく覚えたことを忘れてしまった」（好不容易記住的又忘掉了）這樣的說法，在日語裏是能說的。也就是「記住」的動作在「忘記」動作之前。這裏的「覚えた」（記住）現在看來就是過去完成式了。要是英語的話had＋過去分詞的形式，日語用「た」就能表示。日語有句逗小孩的話：「いま泣いたカラスがもう笑った」（剛哭了的烏鴉已經笑了。）這裏「泣いた」的「た」是表示以前的結果，相等於英語中的過去完成式。

「た」的不方便之處

　　關於「た」的問題，使用「た」時不能用表示過去的意思在句子的中間停止，這是它的不方便之處。

　　提起表示否定的語詞的「降らない」用「ない」可以做句子的結束。要是句子中間的話，有用「ず」的說法。「雨も降らず風も吹かず」這個「ず」含有否定的意義，而且還可表示，句子還要繼續的意思。日語的「た」不具備這種形式的。這是很遺憾的。

　　從前有表示那樣意思的語詞，那就是「て」的這個語詞，然而現代日語「デパートへ寄って」中的「て」不一定是表示過去。例如太太拜託先生「会社の帰り，デパートに寄って屋上の小鳥売場へ行って，ハトのエサを買ってきて下さいね」（請在下班回家時，順便到百貨公司，到樓頂上賣小鳥的地方買點鴿子的飼料回來。）先生回家，太太問道「頼んだもの買って來て下さった？」（我拜託你買的東西買了嗎？）這時先生回答：「ウン，きょう，おまえのいう通りデパートへ寄って屋上まであがって小鳥売場へ行って……」聽到這裏，是弄不清楚的，買了還是沒有買。如「行って」含有「行った」的意思，即使這句話還沒說完，聽得出來，他

是去過了的，日語在這點上，「た」的使用方法很不方便。

動作的進行態

日語裏也有日語值得驕傲之處，英語裏有動作的進行態，並自以為這是法語、德語裏所沒有的卓越的表達方法。比如「It rains.」。是現在時的形態是「雨が降る」（下雨）。如果說現在正在下雨的狀態，是「It's raining.」，現在時和現在進行時是有區別的。可是，在法語、德語是沒有這種的說法，這兩個時態都要使用現在時的形態。德語「es regnet」表示「下雨」，也表示「現在正在下雨」。而日語裏卻有明顯的區別。

「雨が降る」是表示現在的一般傾向，「雨が降っている」表示現在的狀態。日語在這點上是有其獨特之處的。

很遺憾的是日語的「雨が降っている」這樣的說法，既能用於現在正在下雨的意思，也能用於現在「雨停」而殘留其結果狀態的意思。早上起了床，看到了雨停了院子裏的積水，那時可以說「あ、雨が降っている」。可是到了日本的中國地方、四國地方、九州地方，就有清楚的區別。現在正在下雨，說「雨が降りよる」，看到雨停了，有下過的痕跡時說「雨が降っとる」或「雨が降っちょる」。這是很棒的日語的說法。很遺憾的是東京話裏沒有這種區別。「あの人が着物を着よる」是正在合上前襟繫帶子；「着物を着とる」是指穿著一套完整的和服的姿態。在現在通用語裏是沒有的可以說還是有其缺點吧。

2. 日語和語言的效率

效率不好的日語

那是二次大戰前的事，我在京浜東北線的赤羽車站等著開往大

宮方面的電車時，傳來了如下的廣播說「新潟行きがまいります。
この列車は途中大宮、熊宮，高崎……」（開往新潟方面去的快車
進站了，本次列車在大宮，熊谷，高崎……）報了好多站名，在月
台等著的人為了弄清到底會變如何呢？都注意恭聽，直到最後才說
「以外は止まりません」（……以外不停車）。我看到了這樣的情
形，那是位要去群馬縣渋川附近的人，嚇了一跳，到底自己要去的
渋川車站停呢？還是不停呢？急急忙忙的跑到站長室去問，結果才
知道不停。這樣的用否定形來表達，變成了不安。

在其他場合，也有類似的情況。戰前，在學校舉行典禮時總是
由校長宣讀教育勅語，其中有一句是：「爾汝臣民」唸了之後「父
母に孝に，兄弟に友に，夫婦相和し……」（爾等臣民對父母盡
孝，對兄弟要友愛，夫婦要和睦……）稍微聽一下感覺似乎在表揚
臣民對父母盡孝，夫婦和睦。其實並不是那麼回事。讀到最後「以
て天壤無窮の皇運を扶翼すべし」（須以此來扶佑天長地久的皇
運）。由於這個「べし」的這個字，所以就成了要盡孝，應和睦，
都是天皇陛下的命令。

在戰後有和平憲法的句中也有這類問題。以「われらは」開始
接著是「いづれの国家も，自国のことのみに専念して他国を無視
してはならないのであって……」（任何國家均不可只考慮本國而
無視他國……）。一開頭的「われわれは」我們會擔心究竟會變得
如何。直到讀到最後的「各国の責任であると信ずる」才清楚是
「我們相信」。從語法來看，文章並無錯誤，但其效率可就低了。

在宮澤賢治的石碑上刻著有名的詩「雨ニモマケズ，風ニモマ
ケズ，雪ニモ夏ノ暑サニモマケヌ……」（不怕風，不怕雨，不怕
雪，也不怕夏天的炎熱。）），聽著的人聽到這裏會意識到是在談一
位奇異的人，但不清楚這究竟是誰；作者是這樣的人，還是作者在
談自己所知道的人？不得而知。直到出現最後的「サウイフモノニ
ワタシハナリタイ」（我想成為那樣的人），才弄清上邊說的一

切是自己理想中的人。這時前面說的什麼，好像忘記了。這是宮澤賢治先生想了又想之後所作的詩。看來運用日語詞句的排列，固然有寫作之妙，但如用以寫實際文章卻並不理想。

在開頭所舉的例子，車站廣播員的令人焦急的說法，現在已經不再使用，首先「新潟行き急行が参ります」（開往新潟的快車進站了），然後是「この列車の途中止る駅は大宮、熊谷、高崎……」（本列車沿途停靠的車站是大宮、熊谷、高崎……）這樣，乘客就安心地聽下去了。這是充分理解了日語特點，改爲一般人都易懂的一個極好的例子。

和平憲法的時候也在開頭也應改爲「われわれは信ずるところでは……」（我們相信……），然後再是「いずれの国家も自国のことにのみ……」（任何的國家均……）這樣寫的話，人們一聽就知是敘述執筆人的信念。當然，最後的「責務であると信ずる」中「信ずる」要去除掉，以「責務である」（是任務）做爲結句。

日語的詞序

像這樣的動詞在句子最後的日語的順序，或許會感到有些特殊。像英語、法語等都沒有這樣的現象，但在世界的語言中，和日語相同的擁有順序的語言還是爲數不少的，如鄰國的韓國語就是，蒙古語和土耳其語也全都是那樣的，以及和歐洲語同系的伊朗語、亞美尼亞語、印度的印地語等都和日語相同的順序。古時的希臘語和拉丁語，據說也曾是這種順序。因此日語也決不是一種什麼難得的語言。

日語的情況，只是把否定詞接在動詞的後面。其他語言則是用副詞提前表示否定。表示否定的詞放在句子末尾，這好像是日語的特色，但是爲了彌補日語的否定表現在句子末尾而使人疑慮，可用「必ずしも」（未必）、「決して」（決不）等種種的副詞來起提示作用，把它放置在前面就不會讓人產生疑慮。

其次是在日語裏有說明名詞的語詞，這是放在名詞之前，即名詞在修飾語的後面。因此當聽冗長的修飾語時會覺得到底想說什麼呢？一點兒也不知道，直到聽到最後才瞭解所要說的是什麼。

在芳賀綏先生的『日語文法教室』裏，有關於冗長修飾語的例子「一九三六年、ベルリン・オリンピック大会水上競技平泳ぎ決勝において、わが日本代表選手前畑秀子嬢がドイツのゲネンゲル嬢を、接戦のすえついにこれを破って、優勝した時に……」（一九三六年，柏林奧林匹克仰泳決賽，我日本代表選手前畑秀子小姐和德國的蓋乃蓋魯小姐激烈爭奪後終於戰勝奪魁時……），很難猜測下邊要說什麼。當讀到「河西三省アナウンサーが、前畑ガンバレ、前畑ガンバレと、興奮のあまり思わず踏みつぶしたストップウォッチ」（播音員河西三省高喊「前畑加油！前畑加油！」興奮之餘，不小心，踩壞了馬錶）之後，才明白原來要說的是馬錶。如果是英語，會先說 the stop-watch，再說 which 以下的長的修飾語。這樣，一開始就會明白話題是馬錶。日語在這點上，要說是是有趣的話，是有趣的，要說是難懂的也的確是難懂的。

語言的自然順序

爲了瞭解日語的性質，以前在 NHK 電視台演出的節目「ジェスチャー」（比手畫腳）是很有趣的。有一個人把出的題交給對方隊友所選出的一個人，讓他照題目內容做各種動作，自己隊的隊員再根據他的動作猜測題的內容。比如有個題的內容是「たらいで行水をしている美人をフシ穴からのぞこうとして溝へおちた男」（想從木板節孔偷看用澡盆沖涼的美人而掉到水溝的一個男人），這麼一來表演的人不按這句話的順序來表演，即不是先表演拿出澡盆然後洗澡的美人，首先學一個繫領帶的動作以表示是個男人，其次把男人放在一邊，再模仿美人洗澡動作後把這個動作放在一邊，接著表演從木板節孔偷看的動作，最後再演掉到水溝的姿態。

　　猜的人們，對於這個問題，會如何回答呢？首先按表演順序說出：「男が、美人が行水をしているのをフシ穴からのぞいて溝へ落ちる……」，表演者將再以肢體動作暗示順序不對。而最後作出「たらいで行水をしている美人を穴からのぞこうとして溝へ落ちる男」的正確答案。爲什麼一開始不按題目的順序表演呢？因爲先提出男人容易理解，即在表達人物及其動作和狀態時先提出人物，後說明其動作和狀態的表達方法是自然的。因爲日語順序違反了一般自然語序，所以比手畫腳的問題就非常辛苦了。

　　我們從這一點來看，人們經常說在英語和法語裏有所謂的關係代名詞，所以容易懂。並不是關係代名詞的緣故，而是在於修飾名詞的詞是出現在名詞之前還是之後，單是關係代名詞在名詞前出現，也是無濟於事的。

　　究竟「比手畫腳」的肢體語言動作順序是一個易懂的自然順序。啞巴用「比手畫腳」表示自己的意志時，可能就不顧日語的詞序，而會是按「比手畫腳」所做的順序。

　　擁有這樣順序的語言在世界上有嗎？語言學家探索的結果，緬甸語和西藏語有著和「比手畫腳」相同順序的語言，這樣說法的語言是很難得的。

在日語順序看得到方便之處

　　日語的順序因不同於上述順序，所以可以說是擁有難於理解順序的語言，效率不好的語言。但是也不盡然，我們可以舉出日語也有其符合自然語序的幾種情況。

（1）名詞和動詞的位置

　　名詞及其有關的動詞出現的時候在日語中名詞經常在前，這是符合自然順序的。前面的「溝へ落ちた」這樣的說法在日語裏就是

名詞「溝」在前。英語並不是這樣的。fell into a ditch，是動詞「掉落了」先說這是哪一邊的說法好呢？「比手畫腳」做做看。英語則是 peep through a hole，也是動詞「偷看」在前。這樣看來日語詞序是容易懂的。

日語有時故意把順序變難懂。比如新聞廣播中有出現這樣語序的句子，「三人の男の子と二人の女の子が道端で遊んでいましたが……」（三個男孩子和二個女孩子在路旁玩著），這樣的文章最近經常聽到，本來日語的順序是「男の子が三人、女の子が二人、道端で遊んでいましたが」。這才是誰都聽得而易懂的順序。

在日語裏「一人の息子」（一個兒子）和「息子が一人」（兒子一個），本來就是意思不同的語詞，「息子が一人」是說幾個孩子中的一個，「一人の息子」是只有一個孩子的意思。英語the son是「一人の息子」a son是「息子が一人」。在日語裏這種不同本來應該是有的，日本人把它弄混雜了，實在可惜。

(2) 時間、年月日的表達方法

日語的順序在時間和年、月的表達是很方便的，在時間上來說「午前六時四十五分」這是日語的順序，要是英語的話，會是怎樣呢？英語則是「四十五分」在最前面，「六時」接在後面。然後把表示「午前」的「a.m.」放在最後，要是說哪一邊的說法好呢？forty-five past six o'clock a.m.。我認為在收音機裏聽時間預告的時候，大聲地說「午前」，然後再漸漸地變小聲說「六時四十五分」，這樣由大至小報起來容易聽懂。

年月日的時候也完全一樣。日本語的順序是「昭和五十五年八月二十九日」，從大至小。英語卻不是這樣，美國和英國好像是不相相同的，美國是 August 先，然後是 29, 1980 的順序，英國首先是「29 日」，然後是漸漸大的順序「8 月」「1980 年」。這樣的表達方式還是日本方式的順序好。再更大一點有「紀元前五世紀」，

英語是 fifth century 放在前面，B.C. 放在後面：日語是「紀元前」先說，然後再說「五世紀」很明顯的容易瞭解。在美國近來把「六點四十五分」時，說成 six forty-five 有了先說六點的習慣，再說四十五分，這種方法美國人也一定認識到這是最方便的說法。

（3）場所、收信人姓名、姓名的表示方法

　　表示場所、收信人的姓名地址的日語是大的地方先，小的地方放在後面的順序。比如我家的通信處，寫郵政收信人的姓名地址時：「東京都杉並区松庵二丁目八番地二十五号」，是從大的地方到小的地方的順序。英語不是這樣，得先寫「八番地二十五号」，再寫「松庵二丁目」，然後再寫「杉並区」、「東京」、最後是「日本」，從小的地方到大的地方的排列，要是說哪一邊比較方便呢？如果是郵局在整理名信片的收信人的姓名地址時，還是先寫大的地方比較好。據說即使在歐洲，德語的地名書寫方法不同於英語，是和日本相同。

　　與此相同的，姓名——是姓和名字的順序。在日本是先寫姓，後寫字，「鈴木一朗」，「鈴木」（姓）在前，「一朗」（名字）在後。在歐洲的英語、德語、法語都是先寫名字後寫姓。「約翰·史密斯」的約翰（名字）在前，史密斯（姓）在後。姓名的順序，亞洲各國大體相同，先姓後名。歐洲的匈牙利和土取其等國，原屬亞洲民族的國家，所以和亞洲的用法相同。日本人在用羅馬字寫姓名時，有先寫名字的習慣。但匈牙利人即使用羅馬字寫姓名仍然還是先寫姓。在這方面，總覺得先寫姓比較好，日本人好像有些過分遷就歐洲的習慣了。

　　把姓寫在名的前面是方便的，其證據是假使在電話簿裏先名後姓，就很難查了。必須一一先想起其家族代表者的名字，然後再去查姓，這就很麻煩了。所以歐洲的電話簿的排列也是按先姓後名的順序，那樣比較方便。

日語的詞序亂了嗎？

　　日語的語言排列方式，既有以上那樣的不便的地方，但是也有它方便之處。這裏值得注意的是，從漫長歷史上來看，日語幾乎是沒有什麼變化的。前面的把「子どもが二人」說成「二人の子供」的情況是難得的例子；還有一個，目前，飯店名和書名的書寫上出現了一種新的傾向，即把認為正常順序的「東京ホテル」寫成「ホテル東京」，「日本語講座」寫成「講座日本語」。對此或許有人會認為這是在給日語製造混亂。可是「ホテル某某」、「講座某某」的寫法，看一眼去就知其類類，不是很方便嗎？為了查大學，在電話簿打開了「大學某某」，如果是水果店的話，就打開「水果店某某」「蔬菜」就打開「蔬菜某某」來看的話就好了。或許職業分類的電話簿就不要了也說不定。

　　究竟在日本是誰首先使用這樣的寫法的呢？明治時代，文部省編小學教科書時，那時在「小學算術書」標題下寫著「卷一」這期間，可能就是最初開始的；日語舊的說法是「一の卷」，倒過來就成了「卷一」。這可能就是改變日語詞序最早的例子。那麼，弄亂日語的罪魁禍首，或許是文部省，其次則是現已高齡的各位所懷念的當時的教科書了。

日語詞序中所表現的文學性

　　最後談一下日語的順序的文學性。佐佐木信綱博士的名歌「ゆく秋の大和の国の薬師寺の　塔の上なる一ひらの雲」的名歌要是把它譯成英語會變成如何呢？「a piece of cloud.」，即把「一ひらの雲」放在前面，然後是「塔の上なる」（在塔之上）、「薬師寺」、「大和の国」，最後才是「ゆく秋の」（秋意漸濃）順序要完全顛倒。這二種哪種好呢？我認為日語的順序是拍攝製作電影的手法。如把這首名詩拍成電影畫面，首先會展現出秋天的風光，

如：收割過的田間、漫山紅遍的紅葉，接下去是拍攝象徵大和國的
寺廟、古陵遺跡，然後集中在古刹藥師寺，再從下往上捕捉代表藥
師寺的三重塔，最後再特寫塔尖上邊的一朵白雲。

像這樣的日語的先說「ゆく秋の」然後再說「大和の国の藥師
寺の……」詞句語順，富於文學的表現。

按著這首名詩的詞句順序拍攝的畫面，是很富於文學的表現吧！

3. 日本人對事物的看法

陽性名詞和陰性名詞

我們從前，進入高中的時候開始有德語和法語的時間。學外語
感到吃驚的是，外國語在名詞中有陽性名詞和陰性名詞。譬如，德
語的父親（Vater）、兒子（Sohn）是陽性名詞，母親（Mutter）、
女兒（Tochter）是陰性名詞，這些還可以，但是少女（Madcheu）
是中性名詞，哨兵（Vache）是陰性名詞，聽到這些，真是讓人嚇
了一跳。

在法語裏也有相同的現象，傳令（ordonnance）是陰性名詞。
因此說傳令時必須用「她」才是正確的，真是嚇了一跳。也就是直
接影響到如何使用代名詞、加什麼樣形的形容詞呢？同樣的俄國語
裏也有這種現象，把「叔叔」說成ジャージャー，這是陽性名詞；
但是變化又和陰性名詞一樣，十分複雜。「死人」是陽性名詞，所
以女性死了也變成了陽性。真是難以捉摸。

德語和法語對無生命的語詞也都分為陽性和陰性。法語中「鼻
子」（nez）是陽性，嘴（bouche）是陰性，手（main）是陰性，腳
（pied）是陽性。德語裏「手」和「腳」和法語是相同的，但是
「鼻子」（Nase）是陰性，嘴（Mund）是陽性。看外國的讀物
「她」一出來的時候，就感到好像有個女人要出現了，但實際又不

是那回事，而說的是鼻子，有時眞不知如何是好。

英語是比較不說陽性、陰性的語言，但一般要比日語更加有陽性陰性的區別。比如日語中說「俳優」（演員）的時候男性、女性都可以。英語的話，說 actor 是男演員，對於女演員要用 actress 來表示。「情人」的時候也是一樣，英語裏分爲男情人、女情人。

在英語裏有 he 和 she 兩個人稱代名詞，而且必須區別使用。芥川龍之介的作品『羅生門』由古廉秀先生譯成英文，該小說中有一段老太婆拔死人頭髮的描述，開頭時不知道，老太婆是男的還是女的，古廉秀先生開始時使用he譯爲「他……」，等後來知道這個人的正體之後，才用 she 譯爲「她……」。在英語中指人時必須先決定是用he，還是用she。這也是英語的苦惱之處吧！此外，在英語裏對於「船」和「汽車」這樣無生命的詞，也有時候使用「她」。

性的區別意味著什麼

所謂的性的區別，在日本人看來是非常稀奇的，但在世界語言中上具有這種區別的語言聽說有很多。

比如，歐洲的語言全都有陽性名詞、陰性名詞的區別。例外的是匈牙利語和芬蘭語，因爲這兩種語言屬於亞洲語言系統，所以沒有陽性、陰性的區別；在亞洲，從伊朗語、到印度的印度語屬歐洲語言系統，有性的區別。從阿拉伯到非洲的北邊雖然不能說是歐洲語言系統，是用閃語、含米特語但也有陽性陰性的區別。非洲南部的霍屯督語據說也有性的區別。

這樣說性的區別究竟基於什麼呢？這是一個有趣的問題。關於這個問題日本的新村出博士的『語言學概論』這本書中寫著有趣的說明，該書裏收集了很多例子，比如如霍屯督語的例子，「水」的這一個詞，在一般情況下是中性名詞。但是洪水、河水、湖水等聚集了大量的水的時候，是陽性名詞；洗滌水、飲用水、廚房裏用的

水就都是陰性名詞。

還有一例，據葉司佩魯先生說，非洲北部有一種含米特語，它是把人、大的東西、重要的東西都歸為陽性名詞，一般的東西、小的東西、不重要的東西都歸為陰性名詞，比如男人的乳房因無作用把這些東西，定為陰性名詞；相反的女人的乳房漂亮有用，所以定為陽性名詞。新村博士說，從這些事中可以看出古代人的價值觀，有價值的是陽性，無價值的是陰性。歐洲語言中至今還有如此痕跡。在法語中，花的「雌蕊」是陽性名詞，相反的「雄蕊」是陰性名詞。這是不是因為「雌蕊」對花而言是重要的吧！

名詞性別化的難點

要是在名詞裏有陽性名詞和陰性名詞的區別的話，有時也會很傷腦筋，也就是說要把所有的東西都要分別定為陽性或陰性，新單語出現的時候就很傷腦筋。在渡邊紳一郎先生的隨筆裏寫著，渡邊先生在巴黎時，巴黎的街上出現了一種名叫auto的共乘車。但auto是陽性呢？還是陰性呢？一看報紙，議論紛紛，在未得出結論的情況下，渡邊先生去了瑞典，三年後再回到巴黎來時無意的打開報紙一看，auto是陽性，是陰性的議論還在繼續的談論著，這種情況在日本是很難想像的。

由於有陽性名詞和陰性名詞的不同，因而修飾名詞的形容詞也不同，這也是令人頭痛的地方。比如「我的兒子和女兒」這樣的一句話，要是英語的話是 my son and daughter，德語的話「我的」有 mein 和 meine 兩個。mein 後接陽性名詞，meine 後接陰性名詞。因兒子是陽性、女兒是陰性，這時就必須說成：「我的那個是陽性的兒子和我的那個是陰性的女兒。」德語在這點上效率實在太低。但是西歐人卻認為，由於有陽性名詞和陰性名詞的區別，才能使文章顯示出富有生氣。

東亞語言和事物分類

東亞的語言裏沒有陽性名詞和陰性名詞的區別，但是有對事物存在的分類，日語也是代表性的語言。

要是說這是什麼呢？事物的分類就是把東西分爲活著能動的東西（有感情）和不會動的普通的東西（無感情的），日語對這種區別很囉嗦。

代表的例子是日語裏表示存在的動詞有「いる」和「ある」兩個。「我」、「狗」、「蟲」等活著的東西的時候，使用「いる」；無生命的時候，「ある」如「机がある」（有桌子）、「木がある」（有樹木）、「マイクがある」（有麥克風）。使用「ある」或許我們會認爲，那樣的事，即使小孩子都知道，一點兒也不稀奇。服部四郎博士（東大語言學名譽教授）說，他調查過很多語言，尚未發現日語以外的語言有這種區別。所以，世界語言中有這種區別的是非常難得的。

日語在其他方面，對生物和非生物的區別也十分清楚。對活的東西要說「連れてゆく」（帶去），「連れてくる」（帶來），死的東西要說「もっていく」（拿去）、「もってくる」（拿來），必需使用不同的動詞。而英語「連れていく」、「もっていく」都是用take；「もってくる」、「連れてくる」也不區別都使用bring。英語把牽著自己的小孩子的手去的時候，說成 with my son，把背著袋子去說成 with a bag。換言之把和自己可愛的孩子和背著沒有流著血（沒有生命）的袋子不加區別地，相同的處理，可是在日語裏卻有明顯的區別表示。

在英語中我想人稱代名稱是很有趣的，「他」和「她」有陽性名詞和陰性名詞的區別，然而相反的，複雜的人稱代名詞「他們」和「她們」沒有區別，相同的是they。而且they和無生命東西的複數「它們」卻同義使用，實在令人大爲驚異。

西歐人想出了世界語這一理想的語言，該語言中也是只有「他」和「她」是有區別的，無「他們」和「它們」是沒有區別的。在這裏完全可以看出歐洲人重視陽性和陰性的區別，而不重視人和物之間的區別的這種心理。

主體是無生命物體時的表現

自古以來，日語的被動句，不能使用無生物作為主語，這是日語本來的性格。現在所說的「机が置かれた」（桌子被放上了）、「幕が張りめくらされた」（幕帳硬拉上了）等，古時的日本人是不太說的。要是說「机が置かれた」的話，便有由於桌子放在那裏而自己感到傷腦筋的語感。「机を置かれた」（給放上了桌子），說這句話時的心理是本來自己想自由自在地使用這個房間，不料隔壁的傢伙給放上了大桌子，而為此感到喪氣。「机を置かれた」是意味著有人把桌子放上的。因此，「机を置かれた」這樣的說法是可以說的。而「机が置かれた」這樣的說法就不正常了。

這並不只限於被動的說法，就是在使役的表現時也很難使用無生物作主語。如「風が私の心を悲しませる」（風使我傷心）的說法，以往是不用的。昭和初期，藤森成吉發表了戲曲『何が彼女をそうさせたか』（什麼使得她這樣了呢），　獲得了非常的好評；但這也是當時新的表現手法，要是是正常的日語表達方式應是：「こんな女に誰がした。」（是誰把她弄成了這個樣子。）這樣的表達方式才是日本式的。

另外，無生物作主語時，原則上是不使用他動詞的，如：「特別急行列車は満員のまま全速力で馳けてゐた。沿線の小駅は石のやうに黙殺された。」（滿載乘客的特別快車全速飛馳。沿線的小站像一塊塊石頭一樣全未被理睬。）這是作家橫光利一提倡新感覺派文學時寫的小說『頭ならびに腹』（腦袋和肚子）中的一句話。以無生物為主語，使用他動詞「黙殺する」（不理睬），這是當時

一種新的用法。

以前美國的友人來信這樣地寫道：「I hope my letter has found you and your family well and happy.」，日語是「私の手紙があなたとあなたの家族が健康であり幸せであることを見つけたことを望む」。（但願我的信能看到您和您的家屬的健康和幸福。）——這種的寫法，日本人在平時是不用的。

二次大戰剛結束時有位非常受歡迎的單口相聲三遊亭歌笑先生，他在 NHK 電台演出後，可能是在回家的路上喝了幾杯酒，被吉普車撞死。當時按日語極普通的說法是：「歌笑はかわいそうにジープにぶつかって死んだ」（歌笑真可憐，撞上了吉普車死了。）有個人把那句話直譯給美國人，美國人頗為驚訝，並問道：「為什麼那個人做了那麼可怕的事情呢？」我想這可能是由於前邊那個日本人把日語直譯成了 Sanyutei Kasho dashed a gainst a jeep。才造成了上述的誤解。「ぶつかって死んだ」直譯成英語時是指吉普車停在那裏，有位叫三遊亭歌笑則是自己跑過去撞車而死的意思。

這是，吉普車是無生命的物體，對它用「ぶつかる」（撞）時，而對於ぶつかる，因為是用「……にぶつかる」（撞在），所以「ぶつかる」是自動詞。但是，又由於有「ぶつかられる」（被撞）被動形，考慮該詞的意義「ぶつかる」雖然取了に格，可以理解為取に格的他動詞。這同「…にほれる」（愛上）、「…にかみつく」（咬住）等一樣，都是他動詞。因為日語裏沒有無生命詞做主語他動詞作謂語的習慣，所以也沒有「ジープが歌笑にぶつかる」的說法，於是才以歌笑為主語，說成「歌笑がジープにぶつかる」。

數法 (量詞) 的區別

日語的生物、非生物的不同，並且在數東西的時候也用「モノ」（「物」、「者」）。一般來說數人的時候用「一人、二人

……」；大野獸用「頭、二頭……」小的獸、昆蟲是「一匹、二匹
……」，鳥是「一隻、二隻……」。

這個在日語裏包含著種種困難的問題。喬麥麵店招牌用「一
枚、二枚……」，鏡子、圍棋盤和琴用「一面、二面……」，衣櫃
和三味線樂器用「一さお、二さお……」等一一區別分開來說是很
難的。二次大戰結束前 NHK 電台的播音員考試時曾出過這個如何
數的問題。想當播音員的報名者，拚命的努力用功記著。烏賊雖然
也是動物，但數時要說「一ぱい、二はい……」兔子雖屬獸類，卻
要說「一羽、二羽……」我看著NHK 電視台的「ホントにホント」
（是真的）節目的時候，曾出過蝴蝶怎麼數的問題我才知道。據說
專家數蝴蝶時是「一頭、二頭……」像是數象或牛一樣，真是嚇了
一跳。

這種數法不僅是日語，也是東南亞語言的性格；鄰國的韓國語
也有。中國語——也許是這類數法的發源地。緬甸語、泰語、越南
語也有，從印度尼西亞到密克羅尼西亞的島嶼的語言中，都有這類
的數法。

中國語比日語更為複雜。比如狗是，「一條、二條……」這樣
的數「一条狗」「兩条狗」和道路相同的數法；人是「一個人、兩
個人……」好像是在數什麼物件。手巾由於數法不同，指的東西也
不同。意思也不一樣，如「三條」是指毛巾，「三塊」則是指手
絹。要是是說「三條手巾」是指毛巾，要是說「三塊手巾」是指手
帕。

數法之難

像這樣的由於東西的數法不同，太過於複雜，日語也是如此
的。因此產生了很多困難的問題。

這是我拜訪中央大學的中村通夫先生所說的，中村先生大學剛

畢業後，在戰爭結束前進入文部省（教育部）當公務員。當時戰況正激烈的時候，文部省為了教育當時的孩子，國語教科書裏採用了一段桃太郎的故事；中村先生最初寫原稿時，或許是一時的疏忽，這樣的寫著：「桃太郎とイヌとサルとキジの四人は船に乗って、島へ向いました。」（桃太郎和狗、猴子、雉雞四人乘船向島嶼出發了。）委員會認為「那是不行的」立刻有人提出異議，因為桃太郎是人，要是說「一人」是可以，狗、猴子、雉雞都是動物所以必需改為「一人と三匹」，這麼一來，又有一個人提出；認為狗、猴子是獸類，所以「一匹、二匹」是可以的，但雉雞應按「一羽、二羽」的數法才是正確的。既然是文部省的教科書，就應該教正確的日語，所以必需說「一人と二匹と一羽」。可是仍然有人不同意，認為「不，小狗是一匹、二匹」，可是桃太郎帶去的是隻大狗，應該說「一頭、二頭」數法。這麼一來，不說「一人と一頭と一匹と一羽」是不行的。真是絞盡腦汁，用心良苦。最後土歧善麿老師說，如果按大家的數法也太麻煩了，只要說「みんな一緒に船に乗りました」（大家一起坐了船）不是很簡單嗎？這樣才把這件事了結。英語、德語、法語，不論是數活的東西的時候，還是數物的時候，或是活的狗、貓還是其他什麼，都用 one，two，three 來數，我想這樣就不會發生煩惱的事情了。

在日語裏，由於數的東西不同，數法也跟著不同，這個正和德國人、法國人區別無生物的性一樣。能正確地區別使用，也是教養之一。因此，日本人擁有在數物時感到頭痛也是毫無辦法的事情。

在 NHK 電台有所謂的廣播用語委員會，是在探討研究播音員在報新聞的時候要使用什麼樣的日語才好呢，有一次，發生了爭論，那就是在數人體模型娃娃要怎麼算才好呢？人體模型娃娃不是人，所以「一人、二人」是很不合適的。怎麼數才好呢？有人提議，像是「柏青哥」的台那樣的東西，所以是「一台、二台」這樣說的時候，又有人說因為是像石燈籠的東西，所以是一基、二基。

最後提出它有如佛像，應數爲一體、二體。幾經周折，最後結果是
「一體、二體」來數是最好的。這正像前邊提到的法語詞 auto 長
期定不下來是陽性名詞還是陰性名詞是相同的。

4. 日語的規律性

歐洲語言的不規律性

　　世界的語言中有複雜的，不規則的語言，比如大家進了大學時
在學德語或法語的時候。德語的名詞變化非常難。Mann 這句話有
「人」和「家丁」的二個意思。人的複數是 Manner，「家丁」時
複數是 die Männen。所謂的 Bank 有「凳子」和「銀行」兩個的意
思。「凳子」的複數是 die Banke，「銀行」時複數是 die Banken。
除了這個例子之外，還有其他種種的例外，很難掌握。

　　在法語裏動詞是很難的。表示存在意義的「有」這個動詞，不
僅有依第一人稱、第二人稱、第三人稱的變化而變化的特點，而且
還要按過去或現在的時態再變化，同是過去時又要分爲好幾種形
式，總之是十分複雜的。

　　一到了俄語，名詞除了不規則變化之外，還有動詞的種種變
化，更是難上加難。歐洲的語言一般來說都是這麼複雜的。從前學
拉丁語和希臘語的人在這點上是相當痛苦的。

　　從前歐洲人認爲，因爲有這樣不規則、複雜的文法才是高尚的
語言。比如像英語那樣比較簡單的文法是墮落的形象。可是之後，
在調查了地球上各種各樣的語言的時候，又瞭解到了未開化人的語
言的文法更難。比如愛斯基摩人的語言，一個名詞有一千種以上的
變化。住在中美的瓜地馬拉的美洲印地安人的語言，動詞擁有幾千
種變化。這也是非常困難的。

　　在歐洲自古以來就有的語言來說，最有名的是巴斯客語，這是在法國和西班牙國境附近的民族的語言。十六世紀，歐洲的天主教的神父向世界各地傳播天主教時，巴斯克地區當然也是一個傳教的對象，爲此必須先學巴斯克語，有位叫拉拉曼蒂的神父，是第一位把巴斯克語的文法寫在書上的人。但那本書並沒有命名爲『巴斯克文法』，而是題名爲『我們戰勝了不可能的事！』看了這本書的人都嚇了一跳。原以爲這是一部神父談如何戰勝惡魔誘惑的體驗有關的修養的書，但打開一看並不是那樣的，內容非常的難，寫著的是不知是哪個地方的語言，眞是令人匪夷所思。

　　到底是怎麼個難法呢？不管是日語還是其他的語言，都是排列單語傳達內容，而巴斯克語也有單語，但據說一個冗長的單語有著極爲複雜的意思。比如有 ponetekilakoarekin 這樣的一句話，整體是「和戴著帽子的人一起……」這樣的意思。而 ponet 只有在這裡才當做帽子的意思。離開這個句子就不具有「帽子」的意思了，又「和帶著傘的人一起」的時候，就使用其他不規則的形式了。這的確是一種難解的語言。

　　有位叫沙皮爾的美國的語言學者，據他的書中指出，比這個更加困難的語言是美洲印地安人中的柴諾克語❶。要是說 inialudam 的話，是「我是爲了給她那個而來的」，也就是說一個句子，不能在中途切斷，必須連在一起。要是要表現「我給他……」的時候，就要改變句子的某一處。這是更加困難的。

　　據說有叫做佛克斯語的，所謂的 ehkiwinamohtatiwach 這句話是「之後，他們變成在一起，他們把它從身邊趕走。」這樣的意思。要是是這樣的語言，要記住新的語詞恐怕是很困難的。

註(1)：柴諾克語—Chinook 是哥倫比亞河北岸地區的印地安及其附近部族的語言。

看來，歐洲的人們也不認爲這樣難的語言就是好的，遂發明了叫做葉司別蘭特的理想的語言，規則的，沒有例外的。我想這是大家所熟悉的。

日語文法的規則性

和上面所說的歐洲語言相比，亞洲的語言規則是非常簡單的，但是在歐洲的語言中，也有亞洲系統的匈牙利語或者土耳其語等語言也是簡單的；特別是土耳其語，幾乎是沒有例外的。就我所知，只有「水」這個單語和外來語是不規則的，其餘的全都有一定的規則。所以是卓越的語言。

要是從這個觀點來看的話，日語怎麼樣呢？大家在學校學習的時候，日語的文法，動詞有六個變化形，未然形、連用形等就是。

這是文語，是以古日語爲基礎的文法規則。要是是現代日語的話，比如，「咲かない」（不開）把它說成是一個新的單字比較好、「咲かなかった」（沒有開），又把它說成是一個新的單語，也就是說，把它看成是「咲く」（開）的變化形。如果可以這樣來看日語動詞的話，我計算了一下，日語動詞的變化大約有180種左右，而且變化的方式也很簡單。雖然也有例外的「カ行變格活用動詞」和「サ行變格活用動詞」，但從整體日語來看的話，再也沒有什麼例外了。京都大學語言學的主任教授現在是名譽教授，泉井久之助博士說，日語在世界的語言中是文法規則簡單的一種。

助詞的用法

日語的文法是規則的，這種代表的例子是助詞的使用方法。比如，接名詞的助詞，「山」、「川」之類的名詞後可接ガ、ヲ、ニ、ト、デ、ヘ、ヨリ、カラ等種種助詞，用法都是非常規則的。當ガ表示前面的語詞爲主語時，「山」這個單語，或是「川」這個

單語、「人」、「犬」等之後都可接是十分規則的。這就是日語了不起的地方。

在日語裏，一個名詞和後面接續的動詞的關係是由中間的助詞來表示的。而在歐洲的語言大多是用名詞的目的格、所屬格等來表示，而這些格又有不規則的變化。

拉丁語也有複雜的格的變化。你可能以爲有了這些變化，意義區別就很清楚了，但也不盡然。比如拉丁語的 pateres consules amant，既可解釋爲「親たちが役人を愛する」（雙親愛官員）的意思，也可解釋爲「親たちを役人が愛する」（官員愛雙親）這樣的意思。這裏雙親和官員的格沒有區別，即「役人が」和「役人を」在拉丁語中格是相同的。如果是「親たちが子供たちを愛する」（雙親愛孩子們）和「子供たちが親たちを愛する」（孩子們愛雙親），形態是變了，意思還是可以懂的。可是，「親たち」和「役人」的時候，偏偏不變，所以意思不清楚。日語在這點上是很明確的。把「親たちが役人を愛する」改變順序說「役人を親たちが愛する」，意思不變，誰愛誰是很明瞭的。這一點是日語中有「が」、「を」等助詞發揮作用的關係。在歐洲、西班牙語裏很難得的有相當於日語助詞「を」作用的前置詞。但一般來講，歐洲語言中是沒有類似「を」作用的語詞。據說和日語相同系統的韓國語或蒙古語、土耳其語裏一律都有「ヲ」、「ト」等的助詞。

日語助詞中最值得驕傲的是「が」，擁有表示「が」主格的語言是很少的，就連蒙古語、土耳其語中也沒有。經常聽說緬甸語和列普查語有表示主語的助詞，我調查了一下，但總覺得好像是「は」而不是「が」。要是是「は」的話，不論蒙古語，還是土耳其語裏都有；擁有「が」的語言，除了日語外可能就是韓國語了。

韓國語裏，把「春」叫做 pom，「春が」就要讀成 pom-i。「船」是說 pe，「船が」是 pe-ga，和日語助詞「が」用法完全相同。人們常以此爲由，說日語和韓國語同系。除韓國語外，好像沒

有能相當於助詞が用法的語言了。

　　據說德語中 ein Hund 或 der Hund 相當於「イヌが」，的確 Ein Hund schlaft，相當於「イヌが眠っている」（狗在睡），要是說「Es ist ein Hund.」就是「それはイヌである」（那是隻狗）的意思。因此，單是一個 Hund 時，並不是「イヌが」而是「イヌ」之意。換言之 Ein Hund schlaft. 是先說明「狗」，然後再說「それが眠っている」（它在睡）。日本在平安朝時代，沒有「が」這個助詞，而說「イヌ眠る」。因此可以說德語的這種說法和日本平安朝的日語相同的。

ガ和ハ的區別

　　關於日語的助詞，歐洲的人們經常說日語有「が」和「は」的區別，是很難的——與其說是有區別倒不如說是「ガ」和「ハ」在表示主語時，用法上的區別，是很困難的。其實認為兩者都表示主語的說法是不正確的。能說表示主語的是ガ這邊。

　　「イヌが眠っている。」

　　「イヌは眠っている。」

　　所謂的「イヌが眠っている」就是，要是有人問說「什麼在睡覺呢？」那是「狗」。而「イヌは眠っている」這邊是「一提到關於狗」這樣的意思，表明談話的主題。名詞接助詞「は」並不見得都是主語。比如，川柳有句「大仏は見るものにして尊ます」。這句短詩是說一般人對大佛只有觀看，而不尊敬。大佛並不是主格，而是目的格（賓語）。這裏的「大仏は」的意思是「提到關於大佛嘛，大佛是……」。當我們說話時，時常是從題材中，選出許多主語來用，因此便把問題複雜化了。

　　一般談話時的話題最好是已知的，是對方腦海中已經有了的，不需加以說明的為佳。

「きょうはいいお天気ですね。」（今天是好天氣啊。）

「ここは静岡県です。」（這裏是静岡縣。）

像這樣的「きょう」、「ここ」接助詞「は」是很多的。「私は暑がりやです。」（我怕熱。）「あなたは暑くありませんか。」（你不熱嗎？）這裏的「私」是對方看得到你，「あなた」是對方本身的事，所以用「は」。

相反的，對方腦海中還未呈現的事物是不能用「は」的。比如二人正在路邊走著，其中一人發現一隻小鳥，那時對方尚未發現，這時應說「あそこに鳥がいる。」此時用「が」，等對方已覺察到小鳥之後，便改為用「は」「あの鳥はセキセイインコだ」（那鳥是一隻黃背青鸚哥。）或者說：「あの鳥はどこかの家で逃がしただ。」（那隻鳥是從哪一個人家逃出來的。）

如果用英語來說，第一句是「There is a bird.」名詞前加上不定冠詞a，第二句是「The bird is a parakeet.」要用定冠詞「the」。英語中的定冠詞和不定冠詞，使用起來，區別很難，日語中的「が」和「は」的區別使用，同樣也很不容易。

因此，講故事給小孩聽時，開頭用「が」「昔むかし、あるところに一匹のキツネがおりました」（從前在某一個地方有一隻狐狸。）先讓孩子頭腦中留下了狐狸的印象，然後再往下說時就是「そのキツネはたいへん賢いキツネでした」。（那隻狐狸是非常聰明的狐狸。）

が和は的用法

當然，以成年人為對象的小說並不用上面所說的用法。比如，芥川龍之介的名作『秋』，開頭是這樣寫的：「信子は女子大学にいた時から、才媛の名声を担っていた。」（信子在大學讀書時就素有才女之名。）要是在平時的會話，並不這麼說，而要說：「ぼ

くの知っている女に信子っていうのがいるんだが」（我認識的女性中有一位叫信子的……），這裏使用「が」，然後再說：「その信子は女子大へ……」（這位信子到女子大學……）。這是要力求使小說簡潔，才寫成這樣子的。

民俗學家柳田國男先生是位非常有名的文章專家，只是他的文章中有點難懂，一說到爲什麼難懂呢，那是有一個這樣的特色，在柳田老師的文章裏「は」這個字是在很後面才出現的。在『古神話與文學』一書的卷首的一句就是：「去んぬる七月二十四日の夕べ，富士山の頂上から、『靈山と神話』という題で、私の放送したのは……」。在這個地方出來個「は」，一般人的話是不會這麼用的，而是先說「私は」（我），然後「去んぬる七月二十四日の夕べ」（在以前 7 月 24 日晚上），再往下是「……という題で放送したが、その話は」（以……爲題廣播過，其內容是……）。柳田先生的文章之所以難懂，就是難在「ハ」這個助詞在句子的後面出現，像這樣的情形，在聽新聞廣播時也有應用「ハ」不當，有時候使人感到難懂的情況。

敬語和東西數法中的不規則性

日語的文法大體上是有規則的，但不規則的也有兩個。

一個是敬語。比如「言う」（說）的敬語是「おっしゃる」，謙語「申し上げる」；而「見る」（看）是「ごらんになる」和「拝見する」。如果將「言う」規定爲「言われる」；「見る」規定爲「見られる」，敬語就變得比現在容易使用了。

另一個不規則的是事物的數法，比如數人時「ひとり」、「ふたり」其次是「さんにん」「よにん」，說法完全不同。「ひとり」、「ふたり」後面按理應是「みたり」、「よたり」，但卻不這麼說；日子的數法也是「いちにち、ふつか、みっか、よっか」，這樣的說法雖然日本人是很習慣的，但對外國人來說好像是很難

的。數毛筆時是「一ぽん、二ほん、三ぼん」，鳥類是「一羽、二羽、三ぱ」這個我想我們日本人是很容易懂的，那是因為日本人是用漢字在讀著，但對外國人來說可就難了。這是因為輔音部分「いっぽん」（一隻）是 p，「にほん」（二隻）又是 h，外國人會感到相當困難的。

容易的日語數詞

日語的數詞基本上是非常規則的。比如，我們使用基本的數詞「一、二、三、四⋯⋯」這個基本數詞，要是英語的話是「ワン、ツウ、スリ、フォァ⋯⋯」。到十為止和英語的數詞都相同的。十以後，日語是十加一是十一，十加二是十二，這樣說就好了。而英語卻不能這樣，要是說「テンワン」「テントゥ」的話，那就錯了，必需使用完全不同的語詞。十一是 eleven，十二是 twelve。日語兩個十就是ニジュー，三個十就是サンジュー，這也是很簡單的，英語卻是twenty、thirty使用另外一個語詞。英語的十三是thirteen，而三十是 thirty，聽起來容易混淆。

戰爭剛結束時，美國的教育家來日本，參觀日本小學的算術課，看見小學二年級的小孩子在背「二二得四，二三得六⋯⋯的」「九九」乘法表之後，說「因為讓這麼小的孩子做這麼難的事，所以日本人的頭腦變得不好，才打了敗仗。」日本人天真地以為言之有理，遂把九九乘法改在三年級學；二年級只教到一百為止的加減法。英語一百為止的加減法的確相當難，五加六等於十一同十加一等於十一表述完全不同。因此，一百為止的加法、減法，無論如何也要學到二年級第三學期。

法語比英語更難。六十說 soixante，七十是 soixante-dix，即是六十加十；七十二的 soixante-douze 是六十加十二；八十的 quatre-vingt是四乘以二十；九十的quatre-vingt-dix是四乘二十加十；九十二是四乘二十加十二。要是有這樣的數詞的話，九十減十二，就要

花費點時間。到國外旅行的日本人回來經常說，在那裏買東西，要是拿出紙張大鈔，常常半天找不回錢。這可能因爲數詞難，減起來不容易吧！

印度語從一到一百的數詞全部零零亂亂，也就是說，記住了九十五，九十六怎麼說，九十七怎麼說，必需另外的把它記住，到了一百零一才能把以前記住的數詞組合起來數下去。要是有這樣的數詞，每天都很辛苦吧，我們要感謝容易的日語數詞。

5. 敬語表現的本質

敬語不是只有日語而已

談到日語的特色的時候，人們經常提出敬語的問題。所謂的敬語是對談話中所談到的人表示敬意，或者對談話的對方表示敬意的語詞。也許有人認爲只有日語裏才有敬語，其實世界上很多語言中都有敬語。韓國語中的敬語和日語一樣的複雜。中國語、越南語、泰語、緬甸語，還有原來是歐洲語言的印度語也都有敬語。印度尼西亞的爪哇語中的敬語是非常複雜的。二次世界大戰前，爪哇語的敬語分爲七個階級要一一加以區別。崎山理先生說，太平洋的島嶼中密庫羅尼西亞的鮑那被島和薩摩亞群島的語言中也是有敬語的。

如此的敬語並不是只有日語才有，因爲日語的敬語的確複雜又困難。所以首先來談一下日語的敬語。

人稱敬語

敬語表現中最一般的就是對人用的尊稱。在歐洲的語言裏也有這類對人的尊稱。日語說「——さま」、「——さん」、「——君」；英語要分性別，女性的話又要分已婚和未婚，即「Mr.——」、「Mrs.——」、「Miss——」這個叫敬語，但是這所謂的

敬語，日語和英語有點不同。英國人在介紹自己時有時說「I am Mr. Smith.」（我是史密斯。）收到名片時，有人在名片上寫著「Miss——」，即在自己的名片上寫著「——小姐」。日本人絕不會在自己的名片上寫上「——樣」，這點完全不同；還有一點不同的是，日本人在表示敬稱時，不僅可在人名下加「さん」，而且也可以在職業或職稱下加「さん」或「さま」。如：「駅長さん」（站長先生），「助役さん」（助理先生）這個在英語裏是沒有的，英語的站長說法是 stationmaster，但不能說 Mr. Stationmaster。

川端康成的名作『雪国』由賽電斯特卡譯成英文。穿過隧道，來到了雪國的第一站，那時，和島村坐在同一節車廂的葉子，把半截身子伸出窗外，喊：「駅長さあん」。那甜美的聲音迴蕩在夜空的一段描繪實在妙極了。然而那個地方賽電斯特卡怎麼翻譯呢？只有譯成「葉子叫了站長」而已，所謂的「駅長さん」在英語裏卻沒有翻譯，我問美國人爲什麼沒有翻譯呢？他們說英語裏沒有「駅長さん」那樣的語言，雖然英語裏有「stationmaster」（站長）這句話，但在實際生活中沒有直接稱呼「站長，站長」的。而 Mr. 只能加在姓名前面，不能加在職務名稱「站長」之前。在這種場合只能說，「Hello」或「I say.」這是有些不方便的。有很多人在場時，你喊站長：「I say.」人們會以爲那個女性叫的是自己，而都回過頭來看。可是被叫的只有站長一人而已，其他的人都回頭看。日本人在很多人中就能用「站長先生」表達出只對站長的敬意，這實在是日語的一大優點。

此外，日語裏還有很多敬稱的說法，這也和英語是不同的「——殿」、「——ちゃん」、「——氏」、「——兄」等等，不勝枚舉。

日語中還有「ごちそうさま」（感謝人家款待）「ご愁傷さま」（表示對不幸者的慰問）的說法，即對對方的動作、對方的狀態也可以加「さま」的用法，這是歐洲人難以想像的。

第二人稱代名詞的敬稱

在敬語的說法裏，其次是世界的語言中普遍是用於第二人稱的代名詞。在西歐語言中也有。比如德語 du 相當於「おまえ」；說「あなた」的時候是 sie，用別的語詞。法語的 tu 等於日語的「おまえ」，vous 應是あなた。看法國電影，年輕男女剛見面時稱 vous，過了一段時間，就變成 tu。懂得法語的人馬上就明白了兩個人的親密關係，而我們卻不解其中之妙。

英語裏只有一個 you。據說從前也有相當於德語 du、法語 tu、日語おまえ的 thou，後來，you 演變成既當「おまえ」用，又當「あなた」用。

日語指示對方的代名詞「あなた」「きみ」「おまえ」「貴樣」……有很多，也有「あなたさま」這樣程度高的敬語。但是，日語第二人稱的敬稱，在某種程度上下降，如民謠中有句：「おまえ百までわしゃ九十九まで」（你活到一百，我活到九十九。）這話到底是男人說的，還是女人說的？因為用了おまえ，現代人可能認為是男人對女人說的。其實不然，這句話是女人對男人說的。因為一般來說女人都比男人年輕，所以才希望男人能活到百歲，自己活到九十九。

在這幾個第二人稱代名詞之中「貴樣」格的下降方法是最屬害的「君」也比以往下降了很多。如果對學生喊：「おい君、君」是會被罵的。現在不看對象，一律稱呼「あなた」有時也不禮貌，日本人常為此傷腦筋。日語中雖有「あなたさま」的說法，但是，有時卻感到怪怪的，因此這個語詞很不好用。所以，今天又發明了新的代詞，「こちらさま」──相當「這位」，「おたく」──相當於「您」。

假如對方是學校的教師或醫生的話，就可使用「先生」這個詞。然而，如果對方是教師或醫生的媽媽的時候就傷腦筋了。不能

說「先生」，稱「あなたさま」總覺得不合適，最後只好稱「お母さま」蒙混過去，眞是辛苦。我認爲這只有日本人才會爲此大傷腦筋，其他國家的人們不會有這種煩惱吧！

命令表現和敬語

敬語的問題第三個是命令句表現的問題。換言之，向對方拜託什麼、命令的時候，比如「教えろ」這樣說的等級是完全沒有敬意的，「教えてくれ」、「教えてくれないか」、「教えて下さい」這樣說的時候，逐漸增加了敬意。「教えて下さいませんか」、「教えて下さいませ」、「教えていただけないでしょうか」，進而「お教えいただけたらありがたいのですが」尊敬程度越來越升級。

其實在英語也有敬語，比如「Tell me……」加上 please 說成「Please tell me ……」這樣說就有了敬意。再依次升級爲「Will you please ……」或「Wouldn't you ……」，更敬重的表達是「I wonder if you could tell me ……」。所以可以說，這種說法在歐洲的語言中也有。

敬意和表現的敬語

敬語問題的第四個是東南亞式的敬語。和對方有關的東西使用含有敬意的表現，和自己有關的事物則使用謙虛的說法。日語是在和對方有關的語詞前面加上接頭詞「お」，如對方的名字是「お名前」、對方的臉是「お顔」、對方的孩子是「お子さま」、對方的年齡是「お年」。這是不是不管什麼只要接敬語「お」的話就好了呢？並不是那樣的，由這裏就產生了種種的難題，有一次我曾和水谷修先生在電視上談過；假如對方的臉上有顆「ニキビ」（粉刺）這時，那粉刺也是對方的東西所以是否可以說「おニキビ」呢——這是絕對不行的。總覺得怪怪的，因爲對方聽了會覺得這不是尊敬

而是在嘲笑他。所以不能認爲只要加上「お」就成了敬語。敬語的精神是對對方尊重。因此，儘管對方臉上有粉刺，也不能當作話題，即使自己看到了也應認爲自己的眼睛不好，這才符合敬語的精神。所以以「ニキビ」爲話題是不禮貌的，即使加了「お」也沒有用。

名詞前加「お」是日語的一般作法。在這點上，中國語比日語更發達。在日本只要在語詞前加「お」或「ご」就可以表示敬意了。如日本人稱對方的姓爲「ご苗字」，在中國則說：「您貴姓？」問名字是「您尊名？」問年齡是「您高齡？」問女性的年齡：「您芳齡？」。在名詞前需要加上「貴」和「高」之類的詞加以修飾。

因爲日語也受中國語的影響，所以這種敬語表現方式早就傳到日本，如「令兄」、「令弟」、「賢兄」、「嚴父」（對方的父親）、「慈母」（對方的母親）等詞。還有稱對方寄來的信爲「玉簡」、「朵雲」等詞。都是表示敬意的語詞，看來很像是中國式的表現。

謙讓表現的敬語

在中國和日本不同，表示謙讓意思的語詞很發達，比如，說自己的國家時爲「敝國」。說「我的國家是日本。」的時候，也就是說要說成「敝國是日本。」稱自己的姓時用「賤姓」等等，這些謙讓語詞也傳到日本的詞彙有「愚妻」、「豚兒」、「拙稿」（自己寫的原稿）、「卑見」（自己的意見）等都是受到中國的影響，在日本像這樣的東西，不太發達，只使用在文章而已。日語中有「おやじ」（父親）和「せがれ」（兒子）等說法，可是這裏並沒有「我的」的意思：「そこにいるよそのおやじは」（在那兒的別人的父親……）這句話中的「父親」並不是「我的父親」的意思。

中國在謙讓表達方面很發達的。學過中國語的瑞典人卡魯魯葛廉爾，在她的書中有這樣極有趣的例子：有個人盛裝出去訪友。他

被領進客廳等候時，在那家裏有一隻老鼠在房樑上亂跑，而把放在樑上盛滿油的油罐撞翻，油恰巧潑在客人的衣服上。這時主人進來，客人連忙上前寒暄：「我身著破衣來到貴邸，貴邸的貴樑上的貴鼠（對老鼠也用敬意表示）把裝滿貴油的貴罐撞翻，所以才把我弄成這個樣子，站在尊貴的您的面前我羞愧。」在現代的中國，好像不這樣表達了，在革命前的中國是有這樣的說法吧。

對別人的動作的敬語表現

日語的敬語就整體上來說要比中國語複雜，那是表達對方的動作和自己的動作的敬語。

比如「する」這個動詞，用於對方時是說「なさる」或「遊ばす」。要是是「行く」；「くる」、「居る」的敬語是「いらっしゃる」或「おいでになる」這樣的表現方式和「言う」相對應的是「おっしゃる」或「仰せになる」也有這樣的語詞。「見る」是「ごらんになる」；「着る」、「食べる」、「呼ぶ」、「求める」都可用「お召しになる」。而「くれる」就成了「くださる」；這些都不規則，所以很難。敬語表現也有些是有規律的，「動く」對「動かれる」「お動きになる」「歌う」對「歌われる」「お歌いになる」。也就是加「れる」或變爲「お──になる」的形式也有。總而言之，日常生活中頻繁地使用的語言是非常不規則的。

這種動詞的變化在韓國語裏也有和日語同樣地有很難的表現。中國語動詞沒有形態變化，比日語單純，只是用於對方「來」的時候，有「光臨」，或「降臨」的字樣，另外還有傳入日本的，可是只有對身份高貴的人才用的「枉駕」這個語詞。

對自己的動作的敬語（謙讓語）

之前所講的敬語都是對於對方的動作所使用的敬語，相反地對

於自己動作的敬語——叫做謙讓語。——比如「言う」說成「申し
あげる」就是謙讓的說法是對自己用的；對於對方的敬意要用「おっ
しる」。「見る」是「拝見する」。對對方看的動作要說「ごらん
になる」；「聞く」是「伺う」；「やる」是「あげる」或「さし
あげる」；「もらう」是「いただく」；「見せる」是「お目にか
ける」，比較複雜。其中有「伝える」變爲「お伝えする」；「教
える」變爲「お教えする」等，也是有規則的，不規則的敬語很
多。日語敬語的難用就是這一點。

　　該謙虛的時候用那種說法，該尊敬時應用這種說法都是有規定
的，所以，在兩個人同時作同一動作時就非常傷腦筋了。比如和總
經理一起要到某個地方去，在等著車子，然後車子來了，那時要怎
麼說呢？稍微考慮一下很多人都會說，「車が参りました、それで
は参りましょう」。（車子來了，那麼我們走吧！）這樣的語詞，
好像是很恭敬的，其實這句話是不對的，爲什麼呢？因爲總經理也
去，用謙遜的說法對經理不禮貌。那麼應該怎麼說呢？「車が参り
ました、お乗り下さい。」（車子來了，請上車）這是對總經理的
敬意。「私もお供させていただきます。」（我也陪您去。）要是
不這樣說的話，就不是正確的使用方法。

依據文體不同的敬語表達

　　日語的敬語還有更難的，那就是由於文體的不同的敬語表現。
比如「山だ」（是山）和「山です」及「山でございます」這樣的
恭敬的程度，漸漸增強也就是越後面的說法越恭敬。或者「勉強す
る」和「勉強します」及「勉強いたします」。要是使用「——
だ」、「——する」的形式的時候是用於親密不需要客氣的人的說
法。要是使用「……です」、「……します」是多少表示敬意的說
法。要是使用「……でございます」、「……いたします」的形式
是用於特別表示敬意的時候。

　　這種文體的不同，對日本人來說是極平常的，但對外國人來說是非常困難的。因爲世界上具有這樣不同文體敬語表達的語言是非常少的，即使在敬語發達的東南亞的中國、越南、泰國以及印度也沒有這種表達方法，具有這樣不同等級的語言除日本之外，還有韓國語、緬甸語、西藏語和爪哇語。

　　日語的這種用法不限於動詞，比如把「今」這句話說成「ただ今」，把「きょう」用「今日」來替代，把「あした」說成「明日（みょうにち）」，敬語的程度就變強了，也就是後面的用法比前面的更客氣了。

考慮到話題的人和對話者的敬語表現

　　日語的敬語最難的，還有其它的。那就是必須要考慮到所談論是誰，以及和誰談論兩方都必須加以考慮。

　　例如，談到「お父さん」（父親）當然是應尊敬的人，當面對著自己的父親時可以說：「お父さま、いらっしゃいますか。」（父親您去嗎？）對話者要是自己母親的話可以說「お父さんはいっらしゃるようですよ」（父親好像要去的樣子哦！）

　　然而，對方要是是自己的總經理的時候，就不能這麼說，不能讓總經理也來尊敬自己的父親，所以這時只能說「父も行くと申しております」（家父說他也要去）；當同其他公司的人談到自己公司經理的動作時，因爲總經理和自己爲同一方，如總經理姓鈴木，可以說「鈴木が申しておりました。」（鈴木說……）並非任何時候對自己的總經理都能用敬稱的。又如回答其他公司給總經理打來的電話時，「いま、社長は……」（現在總經理……）或「鈴木さんは……」（鈴木……）這樣說也沒有關係。但是，如果電話是總經理夫人打來的，是不能說「鈴木が」（鈴木）鈴木如何如何，那個時候仍然應說「社長さまは」（總經理先生……）。也就是一拿起話筒的時候，必須判斷對方是誰，這是日語敬語最難的一點。

　　據說韓國語在談到自己父親的事時，不論對誰，都可用敬語，
要是是這樣的話，就比日語簡單多了。

Ⅵ. 日本人的表達

1. 日本人的關懷

會話中「和」的精神

聖德太子的十七條憲法中的第一條就是「以和爲貴」。日本人非常重視「和」，因此，一邊談話，一邊尋求彼此相互間的心情一致而高興。

美國人問說：日本人在說話時盛行加上「……だねえ」，「……ですねえ」，加上「ねえ」到底那是什麼意思？日本人說話中一般不只限於「ねえ」，也說「いい天気だよ」（好天氣哦）、「いいお天気だわ」（好天氣啊！）等，在談話中夾雜著使用「よ」、「わ」等助詞。

這些等有著微妙的差異。所謂的「……よ」是用於傳達對方不知道的事。比如對方還躺在床上，那個時候先起床而看了外面的樣子的人說「きょうはいいお天気だよ。」這樣的使用「よ」是用來告知對方的。

「いいお天気だわ」中的「わ」表輕微的感嘆。要是把「だわ」的「わ」升高，就成了女性在向對方陳述的心情。

而相對的，所謂的「いいお天気だねえ」中的「ねえ」則是確認對方是否和自己有同樣的心情，是在徵求得對方也與自己有共同感受意思時用的語詞。所以，日語會話中大量使用「ねえ」，這正表現了雙方一邊談著，一邊又不斷地判斷對方是否和自己有共同的感受的心情。

日語還有一種表示稱讚對方的語詞，代表的是「なるほど」這句話（對了）。夏目漱石的『咱是貓』的書中有位叫鈴木藤的人，他大力吹捧著苦沙彌老師不怎麼喜歡的實業家金田。他是這樣吹捧著：「なるほど、あの男（苦沙彌先生）が水島さん（寒月という若い理学士）を教えたことがございますので——なるほど、よい思いつきで——なるほど。」（對了，因為這個人他教過水島，……對了，是個好主意……對了。）一句話中竟然連續出現了三次的「なるほど」。這是會讓聽的人全身起雞皮疙瘩，實際上對方聽起來不僅沒有感到不好受，反而很舒服。

期待回答

這是水谷修先生在他的『日語的生態』中寫著的，日本人和外國人在通著電話，我在旁邊聽著，是這樣的，日本人說「もしもし」（喂喂！）外國人也說「もしもし」，日本便接著說：「ええ、こちら、あのう、山本ですが」（嗯！我是山本。）而對方則沉默不語，日本人擔心起來，又說「もしもし」（喂喂！），外國人又回答說「はい」（是的）。日本人又說：「こちら、山本ですが、ジョンソンさんは……」（我是山本，強生先生你……）外國人沉默不語。日本人又變得不安，又從「もしもし」開始，通話總是沒有進展。這些充分地說明了日本人在說話時不斷地期待著對方的回答，時刻都等待對方的插話。

在『東海道中膝栗毛』中有彌次郎兵衛和喜多八搭擋走東海道上行到京都的情節，要是只有走路的話太沒意思了，兩人商量之後，就想演主人和隨從的戲來。彌次郎兵衛年紀大，演主人；喜多八飾隨從。那麼，要從哪裡開始對話呢？

喜多八先說：「もし、旦那え。」（喂，老爺！）

彌次郎兵衛回答說：「なんだ。」（什麼呀？）

喜多八說：「暖かでございます。」（眞暖和！）

彌次郎兵衛說：「おおさ、風も凪いで暖かだ」。（哦！風也
　　　　　　　　停了，暖和。）這麼一來

喜多八說：「さようでございます。」（是的。）

這種情況，暖和本來是喜多八先說了的話，即使彌次郎兵衛再
重複一次，喜多八也無須再說「さようでございます。」（是的）
了。按照常理應該講：「それは私の方が先に申しました」（那我
先說了）實際上卻絕對不這樣說，而是一個勁地用贊同對方的語
言。這就是日本人眞正的主僕之間的會話。

「はい」（是）和「いいえ」（不）

日本人對於別人的質問，回答的方式和英語是有所不同的，由
於這樣的關係所以經常成爲問題。

在日語中受到質問，回答時有兩種是「はい」和「いいえ」。
這和英語中的 yes 和 no 很相似，但有不同的地方。日語中的「は
い」是受歡迎的語詞，「いいえ」是不受歡迎的語詞，英語裏的
yes 和 no 不存在歡迎和不歡迎的問題， yes 和 no 能起肯定和否定
句子的作用。日語的「はい」意味著您的想法是正確的，「いい
え」是表示您的想法錯了的意思，在日語裏「いいえ」這個語詞是
難用的。

例如，有人問你「コーヒーをお飲みになりませんか」（喝杯
咖啡好不好呢？）就很難回答說：「いいえ、私は眠れなくなると
いけませんから私は飲みません。」（不，怕睡不著覺，我不喝！）
要是這樣說的話，就會給人留下一種頂撞的印象。所以即使不想
喝，也得說：「はい、ありがとうございます。」（是的，謝謝
您。）然後再說：「しかし、ちょっと私は眠れなくなるたちなも
のですから…」（可是，我有點喝了就失眠的毛病，所以……）慢

慢地加以拒絕。這就是日本式的說法。

小泉八雲在他的短篇小說『乙吉的達摩』中寫著一位賣魚的叫乙吉的主人公。八雲把那個主人公寫得很有趣，那就是那個主人公。「不論在什麼時候都是先說個 yes 然後再回答」。這個主人公可以說是一個十足的日本人的形象。比如小泉八雲問乙吉，「あなたは東京へ行ったことがあるかね」（你去過東京吧），乙吉即使沒有去過，但也回答：「へえ、てめえども、一回行きてえと思っておりやすが、何分行かれませんで。」（是的，一直想去一次，總是沒去成。）

據水谷先生說，日本人在平常的會話，只有在兩種情況時才說「いいえ」一種是在謙遜的時候，比如「あなたは英語がよくお出来になりますね。」（你英語很行啊！）回答時說：「いいえ、とんでもない。私など……」（不，哪裏的話，我……）這時候要明確地說「いいえ」。另一種是在鼓勵和安慰對方的時候；對方說：「私はやっぱりダメな女なのね。」（我到底也是個無能的女人啊！）這時要說：「いいえ、あなたはほんとうは力がある人ですよ」。（不，您眞的是有能力的人。）いいえ要說得明確有力。平常是很難用上いいえ這個語詞，這的確是日本人的做法。

回答方法的難度

因此，日本人在英語 yes 和 no 的應用上就很難，比如，外國人問道「Do you mind opening the window？」（可以打開窗戶嗎？）要是說，可以打開窗戶，不由得我們總想回答「Yes.」其實「Yes.」是不對的。因爲回答要針對「mind」，所以應該回答「No.」這時對方又叮嚀了一句「No？」我們又會輕易地回答個「yes」，這一來把對方給弄糊塗了。

另一方面，日語對外國人來說也是相當難的，比如「行きませんか」和「行かないんですか」——是很相似的說法，但是回答方

法是不同的。表明自己要去的意志應該怎麼回答呢？如對方問「行きませんか」應回答「はい」，即「はい、行きましょう」；如對方問「行かないのですか」，就要回答「いいえ、行くんです」爲什麼呢？這是因爲說「行きませんか」這樣問的人認爲你想去才來約你，也就是說和「行きましょう」相同的意義。「行かないのですか」這樣的說法是他推測你不想去的問法，所以必需回答說：「いいえ、行くんです」。

　　日語的「はい」和「いいえ」和英語正好相反。這個在其他國家是怎麼樣呢？據說，韓國語、中國語的「是」、「不是」和日語是相同的。歐洲的許多語言大體上和英語是相同的。但是，聽說俄語和日語是相似的，這也許是因爲靠近亞洲地方的語言的緣故吧！眞是有趣。

感謝的表現

　　其次是日語中感恩致謝的表達方式有很多。「してくださる」這樣的說法是常用的。要是說「ちょっとまってくれ」這樣的時候，英語是「wait a moment」，要是把「wait a moment」直接譯成日語的話是「ちょっと待って」，假使加上向對方表示敬意的話，就是「ちょっとおまちなさい」，但是這種說法有些傲氣，令人聽起來不舒服，改說成「ちょっとおまち下さい」就好了。這句話的言外之意是我蒙受了你等我的恩情，在這裏有趣的是「ちょっとおまちなさい」還不行，要是「ちょっとまって」的話，還可以，而「ちょっとまって」完全沒有包涵敬意，爲什麼可以呢？一般被認爲後邊省略了「下さい」這個「下さい」一詞包涵著敬意和感激的心情。

　　「していただく」這樣的說法也是日本人喜歡的說法之一。走在街上經常看到理髮店門上這樣的寫著：「本日はこれにて閉店させていただきます」（今天營業到此），「これにて」用的是文言

體的彬彬有禮的說法。「させていただきます」──關門是按自己的願望，您允許我這樣做，感謝不盡。這的的確確是日語式的表達方式了。

有時「していただく」或「して下さる」是重疊使用的，深受歡迎的野口雨情作詞，而大家經常在唱的童謠「藍眼睛娃娃」，在最後的地方「やさしい日本の嬢ちゃんよ、仲よく遊んでやっとくれ。」（溫柔的日本小姑娘，要跟她好好地玩玩。）這裏的「やっとくれ」並不是客氣的說法，假使要把這個改為客氣的表現的話，就成了「あげて下さい」，即：「仲よく遊んであげて下さい」其中的「あげて」是表示能和洋娃娃玩，洋娃娃會高興的吧，後面的「下さい」是小姑娘和洋娃娃玩，我也感謝的意思。也就是說，小姑娘和洋娃娃玩，洋娃娃感謝您，我也感謝您，這樣的意思，的確是日本式的表達方式。

戰爭結束後，有些美國人居住在日本人家裏。問照顧這些美國人的日本人的時候，有人批評，美國人不懂禮貌。比如問他們吃飯時，他們既不說「いただきます」，也不說「ごちそうさま」。的確日本人在那個時候普通要說「いただきます」的。「いただきます」除表示吃飯的意思外，還會有感謝給我飯的意思。此仍是日本式的表達方式。

道歉的表現

日本人比起感謝來更喜歡道歉。比如接受別人好意的時候雖然要說「ありがとうございます」（謝謝）但是常用的是「すみませんでした」（對不起）。坐在公共汽車上有人讓了位子的時候，好像是說「ありがとうございます」比較好，但是還是說「どうもすみません」而後坐下的人多，那是『由於我站在這裏，才使您不得不站起來，真對不起』這樣的意思，讓座的人聽了之後的確會感到心情更舒暢些也說不定。

　　日本人之間對以前見過面的人毫不在乎地使用著：「先日は失礼いたしました。」（上次抱歉了）這樣的表現，即使對外國人也用這種寒喧，據說歐美人聽了很驚訝，認爲對方是否在自己未覺察的時候做了什麼料想不到的事，從而產生不安。對此，心理學家堀川直義先生有過透徹的分析「先日失礼いたしました」是表達這樣的心情——自己沒有注意自己的行爲，是個極不仔細的人，因此會在不知不覺中做了不利於您的事。如果是那樣的話，請您原諒。我認爲的確是那樣的。

　　谷崎潤一郎先生的『細雪』是由塞電斯特卡先生翻譯成英語的。其中有這樣的一段：「失礼でございますけど、相良さんはどちらにお住まいでいらっしゃいますの。」（對不起，相良先生您住在哪兒？）據說這種表達在英語裏很難翻譯出來，在歐美打聽地址根本算不上冒昧失禮，所以「失礼でございますけど」不能譯成英語。因此塞電斯特卡把它譯爲“May I ask where you live”（請允許我問您住在哪裏？）這是很貼切的。像這樣的地方充分地表現了日本人和美國人的心情的不同。

　　本多勝一先生在他的『極限民族』一書中有這樣的一段話。外國人住在日本人家裏，可是那個家的暖爐壞了。這時，外國人說：「ストーブがこわれました。」（暖爐壞了。）日本人聽了非常不高興。假如客人是日本人的話，會說「ストーブをこわしました」（把火爐弄壞了。）主人聽了會說：「いいえ、そのストーブはもともと……」（不，那暖爐本來就……）來辯解；這才是符合日本式的說法。在外國如果發生汽車事故這時賠禮是要吃虧的，因爲賠禮就等於承認了自己的錯誤。總覺得這是不太好的習慣。

只要道歉的話，就萬事大吉

　　在單口相聲有叫做『垂乳根』的。其中有一段是阿八意想不到地娶來一位在貴族家當佣人叫做阿鶴的姑娘作妻子。一夜過去，第

二天的事，這位叫做阿鶴的女性對阿八說「一旦偕老同穴の契りを結ぶうえは、百年千年も経るとも、君、心変ずることなかれ」〔一旦結下偕老同穴之緣，經百年千年亦請君勿變心〕用非常難的語言來說。阿八一點兒也不懂，於是問她說「說什麼呢？」阿八說：「說什麼我不懂，如有冒犯、請多原諒！」這裏充分表現出只要道歉就好了。

拜訪人家的時候，說「ご免下さい」之後再進去，這也可以說是道歉的表達，也就是說打擾了對方的安靜這樣的心情吧！在相撲的海報上名次表的正中央寫著「蒙御免」，雖然不清楚是在向誰道歉，可是從這些地方可以看出日本人喜歡表示歉意的精神，眞是有趣。

日本人的冗長寒暄

日本人的寒暄是非常冗長的。

這是古羅達仕神父的故事。聽說他爲了研究日本方言，曾去過秋田縣叫做花輪的城鎮。這是狹窄的城鎮，在一條街道的兩旁有房子。而車站在城鎮的最西邊。在城鎮東邊有房子的人，要去車站的時候，只要筆直地經過道路去就好了，可是剛好在城鎮的正中央一帶住著一位頗有名氣的老婆婆。那位老婆婆因爲很閒，所以經常站在家裏的門前，在鎮東邊的有房子的人本來可以直接經過她家門去車站，可是當人們看到老婆婆站在門前，都特意的繞路而行，以免被發現，而到車站去，這並不是說，這位老婆婆是壞人，只是寒暄話長，要是讓她遇上就完了。就說，去年秋分承蒙您招待，盂蘭盆節時又如何如何。開場白後緊接著就是，自己的孩子生病時讓您擔心了，孫子摔倒時又如何如何……這一來一、二十分鐘也擺脫不開，終於誤了乘車時間。所以都希望不要遇到她，這的確象徵日本人寒暄的冗長，眞是有趣的軼事。

以前 NHK 編輯了『口語的魅力』這樣的書，書中有岩井弘融

先生的一段古時候地痞流氓們見面時見面時寒暄的樣本，很長很長。比如「これはご当家の上さんでござんすか、さっそく自分より発します，おひかえを願いとう存じます。」（您是這裏的首領我應給您帶路請您稍候。）「どうつかまつりまして自分より発します。」（豈敢豈敢，還是讓小的先行吧。）……相互間無止境地謙讓客氣下去。那本書接連不斷地有三頁之多。

我以前在軍隊待過，軍隊在改編調動時寒暄也很長，比如「陸軍步兵一等兵金田一春彥原屬步兵四十九連，現……」這個那個的。這種習慣在現在也在施行著。有的人在人家結婚典禮宴席上不管盛饌會冷卻，冗長地致詞起來，最後還說是簡單幾句。

從原本認爲講話是簡短的好的日本人性格來看（參考下一節），反而在寒暄上認爲愈長愈好，確實是個有趣的問題。

2. 日語和直覺的理解力

日語的省略表現

在山下秀雄先生的『日語的精神』的書裏有如下有趣的事情。他來到教美國人學生的日語教室，想要複習上次上課所講的敬語的意圖，他問學生：

「あなたがたは敬語を知っていますか。」（你們知道敬語嗎？）他們怎麼回答呢？

「先生ハソレヲ先週私タチニ教エマシタカラ、私タチハソレヲ知ッテイマス。」（因爲老師上週教過我們了，所以我們知道。）學生們這樣的回答。

這個要是從文法方面來說的話，什麼錯誤也沒有，主語和述語齊全、助詞的用法也完美。然而像「先週教エマシタカラ」的說

法，日本人是決不會這麼說的。要是這麼說的話，後面就意味著有這樣的話，「因此，我們才麻煩」。此外「知道」一詞給人以驕傲的印象，讓人感到「所以不教也可以」要是日本人的話怎麼說呢？「先週おそわりました。」（上週教過了）這樣就可以了，如再禮貌些說的話，就說：「先週教えていただきました。」（上週教過了）這樣的說法才是日語標準的說法。山下秀雄先生說，能教會而又懂日語標準的說法是相當不容易的。

日本人對初次見面的人寒喧說「はじめてお目にかかります」（初次見到您）就可以了。可是外國人則認爲這並不是寒喧，只不過是一句話。的確，要是後面不加上，「では、どうぞよろしく」（那麼請多多指教）是算不上寒喧的。然而，日本人相互間即使不說後面的話，也認爲包含了這個意思。

「私は夜一人で音楽堂へ行ってみた。そこには誰もいなかった。」…（我晚上一個人去音樂廳看看，那裏沒有任何人在）。日本人根本不會認爲這個句子不完整。然而，據說德語這麼說就不完整了。德語必須說，「我以外誰也……」否則，聽起來就不是理論的。

打電話時經常有這種情況「もしもし」這樣說的時候，對方則說，「田中ですけれども」。爲什麼要加個「けれども」，這是後面省略了「どういうご用でしょうか」（您有什麼事嗎？）因此比起「田中です」的說法來更爲客氣。

到書店去，問有沒有山下秀雄先生的『日語的精神』書，要是沒有書的時候，賣書的人，大多都說「ございませんでした」（沒有了）說「ございません」應該就夠了。但是「ございませんでした」這樣的加上了「でした」。說歪理的人會說，指的是現在的情況，說「ございません」不是就可以了嗎，爲什麼偏要加上「でした」；這裏省略了言外之意，也就是說「私どもとしては，当然その本を用意しておくべきでしたけれども、不注意で用意しており

ませんでした。」（我們本來是應當準備好這本書的，因爲疏忽了，沒有準備。）是這樣的意思，所以說「ございませんでした」。

外國人感到困難的日語表現方式，有「私、知らないんです」（我是不知道的）這樣的說法。和這句話相似的表現的「私は知りません」（我不知道）。可是後者只是敘述事實的單純表現，連美國人也知道在日語裏「私は知りません」「私、知らないんです」兩句都是否定式，但是意思不同。「私は知りません」只是英語的“ I don't know ”的意思而已。而「私は知らないんです」是「知らないので」的恭敬的說法，含有「私は知らないので教えていただきたいと思っています」（因爲我不知道，所以請您告訴我）或「私は知らないので不注意なことをして申しわけありません。」（因爲我不知道，所以疏忽了，眞對不起）的心情。「知らないんです」是中間斷句的說法。日本人與其說「私、知りません」倒不如說「私、知らないんです」這樣比較容易接受。這些地方也表現了日本式的表達方式。

否定的表現

日本人在所有方面都表現出講話時要省略、簡短的說法比較好的心情。這是出自畢竟不說話比較好的觀念。因此，日本人很喜歡否定和含蓄的表達方式。

譬如「私は死にたくない」（我不想死）這一否定的表達在日語中是極普通的。英語是「I want to live.」又如「私はこれだけしかできません」（我只會做這些）這樣的表現。在英語則是：「This is all I can do.」，但直譯英語的意思。卻是（這是我能做的一切），英語看起來好像很了不起的樣子。但是，日本人在這種情況下還是要用否定的方式來表達。

這是戰爭剛結束時的事情，美國教育使節團，想要把日本的教育變成民主式的教育，對日本的國語教科書等也做了種種指示的時

期。那時日本人把島崎藤村的『千曲川旅情之歌』譯成英語拿去給美國人看的時候，美國人皺著眉頭讀完之後說道，「這是什麼也沒有寫的詩吧！」日本人把該詩譯成英語後才發現這首詩的結尾幾乎都是否定式。如「緑なすはこべは萌えず」，「若草も藉くによしなし」，「野に満つる香りも知らず」。美國人是想通過閱讀在腦海裏想起些什麼，可是句尾都是「……ない」，最終，在腦海裏什麼也想不出來。然而，我們日本人一聽到「はこべ萌えず」立即會聯想到連繁縷都未萌芽，遍地暗淡，春天的信州的風土，只是徒有其名而已。

歌曲裏也有很多否定的歌。我小時候跟父親（金田一京助）學過唱歌其中有明治時代的軍歌叫做「勇敢的水兵」，歌詞是「煙も見えず雲もなく、風も起こらず浪立たず……」（既看不到煙又沒有雲，既不颳風也不起浪……」這樣的否定相當多，什麼也沒有吧，這樣的表現在日語裏有很多。

在小說裏也有很多否定的。比如德富蘆花的『不如歸』中的一段：「然れど二人が間は、顔見合せし其時より、全く隔てなき能はざるを武男も母も覚えしなり。浪子の事をば、彼も問はず、此も語らざりき、彼の問はざるは問ふことを欲せざるが爲めにあらずして、此の語らざるは彼の聞かむことを欲するを知らざるが爲めにはあらざりき。」（兩人自從面對面開始，武男和母親都覺得不能不無間隔。關於浪子之事，對方不詢問，這邊也不談及，對方不問，並不是不想問，這邊不談也並不是不知對方想要問。）這裏真正的意思是，他默默不語，正是表現了他抑止住了自己想問的心情。所以這段內容就很難理解了，或許這仍然是日本語式的表現。

土居重俊先生是高知縣方言的權威，據他的『土佐言葉』（土佐語言）說：高知縣高岡郡窪川町的奧津地方有把形容詞胡亂地使用相反意思的習慣。把大酒杯說成「コマイ杯」，把價格貴說成「ヤスイナア」，行李輕的時候說成「オモイニモツジャ」，映画

は「オモシロカッタゼヨ」這樣說的時候，就是無聊的意思。在這樣的時候，就須憑直覺去判斷，否則是很難理解的。

含蓄表達和直覺

這是我以前在東京外國語大學服務時候的事情。那所大學有一位美國人的老師，那位老師和日本人交往中感到傷腦筋的是日本人使用「ぼつぼつ」，（慢慢的……）這樣的話，這句話難懂，當別人對他說：「ぼつぼつ出かけましょうか」（慢慢的，差不多該走了吧）時，他不懂是要過幾分鐘之後才該走。但是，日本人懂，日本人是根據對方的表情，自己的處境等多種因素，做出判斷後才能說出「ボツボツでかける」這句話的。我認爲日語中有好多這類詞語是因爲日本人在日常生活中習慣於直覺觀察的緣故。假如我不在家有位朋友訪問我時，家裏人可能要這樣說，「今ちょっと出かけておりますが，もうそろそろ帰ってまいりますから，しばらくお待ち下さいませんか。」（現在正巧出去了，差不多該回來了，您稍微等一下好嗎？）這是很不負責任的說法，沒有說再過幾分鐘之後回來。客人聽後也不會問：「那麼要等幾分鐘才好呢？」如果這樣問了，那就是這位客人還沒有懂得日本的風俗人情。這時必需自己作出判斷。那麼根據什麼判斷呢？

首先是對方的表情，對方是很快出來接待呢，還是帶著有點爲難的表情呢？或者是人家屋裏還有待收拾等情況，或者金田一春彥平時的活動規律等等，然後，根據這些再決定進去等，還是到外面散步一圈再回來呢？

經常聽到去美國的日本人說，進入美國的餐廳裏要個煮蛋，對方問：「是七分熟、八分熟，還是全熟的？」被這麼一問，日本人是非常傷腦筋的就說：「適當地煮吧」這樣一說的話，對方問：「適當可不好辦，請說清楚要煮幾分熟。」要是是日本人的話會怎麼做呢？首先看客人的態度。客人想急忙地吃了早點回去呢，還是

想要等人消磨時間呢？依據這個做七分熟或全熟。

　　小說家菊池寬剛到東京的時候，進入麵店，那時可能是經濟上不是很富裕吧！一進入店裏的時候。店裏寫著「もりかけ十錢」（冷麵十錢），聽說菊池寬說了「オイ、もりかけくれ」（喂，請給我冷麵）這麼一來小學徒端來了うどんかけ，他經常去那裏要「もりかけ」時都是吃「うどんかけ」。麵店裏是沒有所謂的「もりかけ」這樣的東西，但又不能說我們這裏沒有而讓客人難堪這一類的話。所以，菊池寬一直以爲「うどんかけ」在東京叫做「もりかけ」這是怎麼了呢？其實麵店這邊知道客人不懂「もりかけ」的意思，斷定這個人不是東京人。並且客人話裏又帶關西方面人的口音，根據關西人比起そば更愛吃うどん的習慣，所以端上來うどんかけ這些是菊池寬在他的『半自敘傳』這本書寫寫著的。

　　因此日本人重視直覺，這是重要的日本語的精神之一。

　　我第一次到泰國曼谷去的時候，在曼谷的飯店裏英語是可以通的，我就操起了半調子英語和泰國的年輕的服務員說起來，可是那年輕的服務員，目光炯炯的，望著我的嘴，就說：「好的」「是的」把我的鞋拿來了；我說：「不對！」他吃驚地飛跑去拿來了皮包；我想到街上散步，我問道有沒有這個街上的地圖。完全不通，但是，他的態度眞是無話可說的，使人感到欣慰、可愛。

　　明治時期，日本人被歐洲人稱爲「yes yes man」（是是先生）。也就是說日本人即使不懂英語的意思，也回答：「是」，「是」。因此，日本人被責難嘴甜心非，滿口答應，而不照辦的人。這恐怕是由於日本人好憑直覺把事做對。可是也有時候弄錯，就被人認爲靠不住了。我認爲不管是否聽懂而力求理解對方的這種心情是難能可貴的。泰國人也是和日本人有著同樣的心情。以後在旅行中又瞭解到印度尼西亞人、尼泊爾人，斯里蘭卡人也都是具有這種心情。這的確是東亞的精神。

　　關於日本語以前我說了很多了，發音方面，音節的種類少、同音語多。在文法方面，不明確地講人稱、數目，多是粗略的含蓄的表現，憑藉對方的表情而產生的直覺的表現多。可以說這就是全面的日語的特色。

【作者簡介】

金田一　春彦 — きんだいち・はるひこ

1913 － 2004 年
1937 年東京大學文學部國文學科畢業
曾任 NHK 放送國語委員　文學博士
專攻－國語學（日本語）
著作－『日本語』（岩波書局）
　　　『日本語の特質』（日本放送出版協会）
　　　『ことばの歳時記』（新潮社）
　　　『日本語音韻の研究』（東京堂出版）
　　　『童謠・唱歌の世界』（主婦の友社）
　　　『日本人の語言表現』（講談社）
　　　『日本語セミナー (1~6)』（筑摩書房）
　　　『日本の方言』（教育出版）
　　　『国語マクセントの史的研究』（塙書房）
編著－『新明解古語辞典』（三省堂）
　　　『日本の唱歌』（與安西愛子共編）（講談社）
　　　『学研現代新国語辞典』（與池田彌三郎共編）（学研）

【本書譯者簡介】　林　榮　一

中國文化大學東語系日文組畢業

日本東洋大學文學碩士

現任：文化大學日文系專任副教授

曾任：輔仁大學日文系兼任副教授

　　　東吳大學日文系兼任副教授

著作：日本近代文學選Ⅰ（中日對照）

　　　日本近代文學選Ⅱ（中日對照）

　　　杜子春（中日對照）

　　　日本人語（中日對照）三菱商事廣報室編

　　　日語常用諺語成語流行語手冊

　　　鴻儒堂日華辭典

　　　鴻儒堂袖珍日華辭典

國家圖書館出版品預行編目資料

日語的特質／金田一春彦著；林榮一　譯.
初版. － 臺北市：鴻儒堂, 民95
　面；　　公分
ISBN　978-957-8357-81-5（平裝）
1. 日本語言

803.1　　　　　　　　　　　　　　95018620

日語的特質

定價：280 元

2006 年(民 95 年) 12 月初版一刷

本出版社經行政院新聞局核准登記

登記證字號:局版臺業字 1292 號

著　　　者：金田一 春彦

譯　　　者：林榮一

發　行　人：黃成業

發　行　所：鴻儒堂出版社

地　　　址：台北市中正區 100 開封街一段 19 號二樓

電　　　話：(02)23113810‧ (02)23113823

電話傳真機：23612334　郵 政 劃 撥：01553001

E - m a i l：hjt903@ms25.hinet.net

NIHONGO NO TOKU SHITSU © HARUHIKO KINDAICHI
Originally published in Japan in 1991 by NHK PUBLISHING. (Japan Broadcast Publishing Co.,Ltd.)
Chinese translation rights arranged with NHK PUBLISHING. (Japan Broadcast Publishing Co.,Ltd.) through TOHAN CORPORATION, TOKYO.

本書凡有缺頁、倒裝者，請逕向本社調換

鴻儒堂出版社於＜博客來網路書店＞設有網頁。
歡迎多加利用。
網址 http://www.books.com.tw/publisher/001/hjt.htm